Carl Wilhelm Schmidt

Über Organisation und Gefechtsweise des leichten römischen Fussvolks

Antigonos

Carl Wilhelm Schmidt

Über Organisation und Gefechtsweise des leichten römischen Fussvolks

Unveränderter Nachdruck der Originalausgabe von 1873.

1. Auflage 2024 | ISBN: 978-3-38635-128-7

Antigonos Verlag ist ein Imprint der Outlook Verlagsgesellschaft mbH.

Verlag: Outlook Verlag GmbH, Zeilweg 44, 60439 Frankfurt, Deutschland, info@outlook-verlag.de
Vertretungsberechtigt: E. Roepke, Zeilweg 44, 60439 Frankfurt, Deutschland
Druck: Libri Plureos GmbH, Friedensallee 273, 22763 Hamburg, Deutschland

Ueber die Organisation und Gefechtsweise des leichten Römischen Fußvolks.

Einleitung.

Während in den Heeren der Neuzeit die Unterscheidung zwischen schwerem und leichtem Fußvolk, wo sie überhaupt noch vorkommt, entweder nur nominelle Bedeutung hat oder sich auf unwesentliche Abweichungen in der Bewaffnung bezieht, bestand im Alterthum zwischen beiden Waffengattungen ein principieller Gegensatz sowohl in Bezug auf Bewaffnung, als auf Gefechtsweise. Das schwere Fußvolk verlangte, wenn es den höchsten Anforderungen entsprechen sollte, die vollständigste Ausrüstung mit Schutz- und Trutzwaffen. Zu den ersteren gehörten der schwere Schild, Brustharnisch, Helm und Beinschienen, zu den letzteren Stoß- und Wurflanze und Schwert. Die dieser Ausrüstung entsprechende Gefechtsstellung war die geschlossene Linien- oder Colonnenordnung und diese drängte gebieterisch hin auf den geregelten Nahkampf in festgereihten Gliedern gegen den durch die Wucht des Masseneinbruchs erschütterten Feind. Zu einem länger unterhaltenen Fernkampfe fehlten dieser Waffengattung wesentliche Voraussetzungen, und wo er vorkommt, ist er untergeordnetes Gefechtsmoment, indem alsdann besondere Umstände den entscheidenden Einbruch verhindern oder verzögern.[1] Dagegen hatte das leichte Fußvolk seine Gefechtsaufgabe in der Schädigung des Feindes durch Fernkampf zu erblicken. Die ihm unbedingt nöthige Waffe war daher die Fernwaffe. Schutzwaffen dagegen fanden bei ihm nur in beschränktem Umfange Benutzung oder fielen ganz fort, weil Alles darauf ankam, den Schützen leicht und manövrirfähig zu machen. Auch die Nahwaffe (Schwert) gehörte nicht zu den nöthigen Ausrüstungsstücken. Die Gefechtsstellung des leichten Fußvolks war die lockere und flache Schützenkette, welche dem einzelnen Manne eine freiere Bewegung gestattet.

Es versteht sich, daß beide Waffengattungen mancherlei Modificationen in der Bewaffnung zuließen und dadurch eine gewisse Annäherung an einander ermöglichten, eine völlige Verschmelzung jedoch zu einer beiden Principien gleich gerecht werdenden mittleren Gattung ist von den Alten nicht erreicht worden. Von diesen beiden Waffengattungen spielt im Alterthum weitaus die wichtigere Rolle das schwere Fußvolk. Es genügt allein dem damals meist einseitig gepflegten Princip der Massentaktik. Es bildet darum die Hauptmasse der Heere, in ihm ruht der Schwerpunkt der Gefechtsführung. Das leichte Fußvolk, dessen Eigenart auf die Entfaltung des entgegengesetzten taktischen Princips, nämlich der Einzelordnung, hindrängt, behauptete daneben meist nur eine secundäre Stellung und stand oft geradezu in Verachtung.

---

[1] Caesar b. g. I., 45. 46. Vergl. Rüstow, Heerwesen und Kriegführung C. J. Cäsars p. 49.

1

Die Gründe für diese Erscheinung sind theils politischer, theils militärischer Natur. Was die ersteren anlangt, so galt der Kriegsdienst den Bürgern der alten Culturstaaten mehr als Recht, denn als Pflicht. Dabei wurden jedoch die oligarchischen und timokratischen Grundlagen, auf denen bei ihnen in der Regel das Staatswesen beruhte, auch auf das Heerwesen übertragen. Daher waren die Abstufungen des bürgerlichen Rechtes und des Besitzes auch in der Gliederung des Heeres sichtbar. Die begüterten Classen drängten sich in die vorderen Reihen der Heerkörper. Ihre Vermögenslage befähigte sie, da der Staat meist die Verpflichtung, die Bürger wehrhaft zu machen, nicht selbst übernahm, die oft kostspielige Rüstung aus eigenen Mitteln sich zu schaffen. Der ärmere Bürger, der dem Staate nur seine Faust und seinen guten Willen zur Verfügung stellen konnte, trat in den Hintergrund. Seine Dienste in der Schlacht, die sich, wenn sie überhaupt in Anspruch genommen wurden, darauf beschränken mußten, dem Feinde durch billig zu beschaffende Wurfgeschosse Abbruch zu thun, konnten nicht in Vergleich gestellt werden mit den Diensten des Schwerbewaffneten, der dem Feinde zu Leibe ging. Der letztere war bei dieser Art des Kampfes überdem allein zur Ablegung von Proben persönlicher Tapferkeit geeignet, da der aller Schutzwaffen entbehrende Kämpfer vor dem ihm entgegenrückenden gepanzerten Feinde weichen mußte. Nur in der geschlossenen Ordnung des schweren Fußvolks konnte man daher die moralischen und taktischen Vorzüge entdecken, die den Sieg zu gewährleisten schienen. Diese Verhältnisse schufen somit eine scharfe Trennung zwischen Schwerbewaffneten und Leicht-bewaffneten, und es ist natürlich, daß der Dienst der ersteren, wie er als der wichtigere erschien, so auch der geehrtere war. [1]

In wie weit die politischen Anschauungen und Verhältnisse auf die Stellung des leichten Fußvolks von Einfluß waren, läßt sich im Heerwesen der einzelnen Staaten genau nachweisen.

Hier genüge es darauf hinzuweisen, daß das oligarchische Sparta sich unter den griechischen Staaten am längsten gegen die Einrichtung einer selbstständigen leichten Infanterie sträubte, während das demokratische Athen schon sehr früh zu einer bürgerlichen leichten Infanterie gelangte. [2]

Die militärischen Gründe, welche dem Emporkommen des leichten Fußvolks hinderlich waren, ergeben sich theils aus einer allgemeinen Betrachtung der Leistungsfähigkeit dieser Truppe, theils aus gewissen Eigenthümlichkeiten der Kriegführung der Alten. Zunächst wird, da diese Truppe ihre specifische Aufgabe im Fernkampfe hatte, aus der Beschaffenheit der gebräuchlichen

Fernwaffen selbst der natürlichste Maßstab für die richtige Würdigung ihrer Leistungen zu entnehmen sein. Abgesehen von der rohesten Art der Wurfwaffen, dem Feldstein, kommen in den Kriegen der Alten nur drei Arten von Fernwaffen vor, der Wurfspeer, der Pfeilbogen und die Schleuder. Alle drei werden schon von den homerischen Kämpfern gehandhabt. Die spätere Zeit ist nicht im Stande gewesen, eine neue Art hinzuzufügen. Auch war ihre Technik so einfach, daß spätere Umänderungen und Verbesserungen das Wesen der Construction wenig berührten. Der wirksame Gebrauch aller drei Arten war auf ein bestimmtes Maß physischer Kraft berechnet, welche durch mechanische Kraft überwiegend nur beim Bogen unterstützt wurde. Der Wurfspeer entbehrte, wenn man absieht von einem bei gewissen Arten desselben erwähnten in der Mitte

---

[1] Vegetius, epitoma rei milit I., 20 verräth durch seine Klagen über den durch Weichlichkeit ein-gerissenen Widerwillen seiner Zeitgenossen gegen das Tragen der schweren Schutzwaffen, daß er darin ein Symptom der Auflösung des alten taktischen Princips erkennt.

[2] Vergl. Rüstow und Köchly, Geschichte des Griechischen Kriegswesens p. 53.

angebrachten Riemen, der in einer uns nicht recht erklärlichen Weise das Werfen erleichtern sollte, einer mechanischen Vorrichtung ganz.

Verglichen mit der enormen Tragweite des heutigen Hinterladers war die Entfernung, auf welche man mit diesen Waffen noch eine Wirkung erreichte, gering. Die kretischen Bogenschützen, Meister in der Handhabung ihrer Waffe, schossen schwerlich weiter als 100 Schritt [1]), ebenso weit etwa die tüchtigsten Schleuderer (von den Balearen und aus Rhodus) mit kleinen Bleikugeln. Wie weit die Wurflanze trug, das hing natürlich von ihrer Schwere ab, welche bei verschiedenen Völkern und zu verschiedenen Zeiten verschieden war. Bei ihrer Anfertigung mußte man darauf sehen, daß sie zwar möglichst leicht war, aber doch noch genug Schwere behielt, um an der nöthigen Percussionskraft nicht zu viel einzubüßen. Unter den bei den Alten vorkommenden Wurfspeeren scheinen die der Griechischen Peltasten und die der Römischen Veliten diesen Anforderungen am meisten entsprochen zu haben. Man warf mit ihnen etwa 30 bis 40 Schritt.

An Treffsicherheit überragte der Bogenschütz den Schleuderer und Speerschützen bedeutend, und war diese Waffe in der Hand eines geübten Schützen auf Entfernungen, wo er mit Kernschuß auskam, gewiß höchst zuverlässig, während der Speerschütz auf größere Entfernungen durch die dann nöthige starke Elevation die Treffsicherheit bedeutend beeinträchtigen mußte. Der Schleuderer wird bei der eigenthümlichen Manipulation, die der Gebrauch dieser Waffe verlangte, — sie bestand in einer wiederholten kreisenden Bewegung des Armes — auf größere Entfernungen wohl nur noch Colonnen gefährlich geworden sein.

An Percussionskraft stand der Wurfspeer obenan. Er vermochte, von einem kräftigen Arm geschleudert, auf kleinere Entfernungen, Schild, Brustharnisch und Mann zugleich zu durchbohren. Der Pfeil und die Bleikugel des Schleuderers übten dafür auch auf größere Entfernungen, wenn sie nicht durch Schutzwaffen aufgehalten wurden, noch durchschlagende Wirkungen aus. [2])

Kann somit auch nicht geleugnet werden, daß mit diesen Waffen, wenn sie von geübten Schützen gehandhabt wurden, tüchtige Wirkungen zu erzielen waren, so hafteten ihnen doch auch mancherlei Mängel an. Dahin gehört, daß ihre Brauchbarkeit durch Witterungsverhältnisse oft stark beeinflußt wurde, besonders der Bogen. [3]) Ferner konnte der Speerschütz nur eine kleine Anzahl Geschosse mit in's Treffen nehmen; das höchste Maß der Belastung scheint eine Anzahl von 6 oder 7 gewesen zu sein. Ein sehr empfindlicher Mangel mußte der sein, daß der Gebrauch dieser Waffen die Ausnutzung des Terrains zur Deckung nur in sehr beschränktem Maße gestattete. Am abhängigsten vom Terrain war natürlich der Speerschütz, der nur in freiem Terrain

Tragweite.

Treffsicherheit

Percussionskraft

Mängel der Fernwaffen.

---

[1]) Rüstow und Köchly, Geschichte des Griech. Kriegswesens p. 131.

[2]) Lipsius (er lebte in der 2. Hälfte des 16. Jahrh.) war noch im Stande, die Leistungen der alten Bogenschützen und Schleuderer den Leistungen der in seiner Zeit gebräuchlichen, allerdings noch sehr unvollkommenen Feuerwaffen weit vorzuziehen. Er verhielt sich freilich den oft fabelhaften Berichten der Alten hierüber allzu gläubig. Vergl. Lipsius, de militia romana p. 356 ff. Als unglaubhaft erscheint es, wenn Vegetius II., 23 erzählt, daß Bogenschützen und Schleuderer vereinzelt noch auf 600 Fuß das Ziel trafen, und wenn von Dichtern und vereinzelt auch von Prosaikern, berichtet wird, daß die Bleikugel der Schleuderer in Folge der Reibung durch die Luft geschmolzen sei. Seneca nat. quaest. II., 56. Auch Onosander (Strateg. 19) nimmt ein Glühendwerden der Kugel an. Wenn ferner Diodorus Siculus den Balearischen Schleuderern nachrühmt, daß sie mit größeren Steinen Schild und Helm und jede Art Schutzwaffe zertrümmerten, so ist eine solche Wirkung auch nur auf kleine Entfernungen denkbar.

[3]) Polybius 3, 73.

ben zum kräftigen Werfen nöthigen Anlauf gewinnen konnte, wobei er sich stark exponiren mußte. Auch der Schleuderer konnte nur freistehend seine Waffe gebrauchen. Besser war auch in dieser Beziehung der Bogenschütz gestellt. Er konnte allenfalls knieend oder halbliegend ruhig zielen und abbrücken. Ihm gestattete also der Gebrauch seiner Waffe viel eher, hinter Terrainunebenheiten Deckung zu suchen. Dafür bedurfte er der letzteren deßhalb in höherem Grade, weil er zum Spannen des Bogens beide Hände frei haben und so auf den Schutz des Schildes nothgedrungen verzichten mußte, den der Speerschütz und allenfalls auch der Schleuderer mit sich führen konnte. Hierzu kommt, daß wenigstens der Bogenschütz und Schleuderer, wenn sie wirklich Bedeutendes leisten sollten, einer längeren fleißigen Einübung bedurften. Auch der heutige mit dem Feuergewehr ausgerüstete Schütz bedarf freilich einer sorgfältigen Schulung, aber diese bezweckt vorwiegend nur die Erreichung der nöthigen Treffsicherheit, die Schützen der Alten dagegen bedurften ihrer auch, um Tragweite und Percussionskraft ihrer Geschosse zu verstärken, obgleich diese zum größeren Theile von dem vorhandenen Maße der Körperkraft abhingen. Bei den Völkern, wo die eine oder die andere dieser Waffen Nationalwaffe war, begegnen wir deßhalb freilich überraschenden Leistungen darin. Anders aber mußte es sich zur Zeit der Bürgerheere in Rom und vielen Griechischen Staaten verhalten, wo diese Waffen überhaupt wenig Beachtung fanden und die Ausbildung des einzelnen Mannes vernachlässigt wurde. [1]

Kriegführung. Ferner ist zu beachten, daß eine gewisse Schwerfälligkeit in der Kriegführung — die Folge der einseitigen Pflege der Massentaktik — ein wirkliches Bedürfniß nach dem beweglicheren Element der leichten Infanterie in den meisten Staaten der Alten auf längere Zeit gar nicht aufkommen ließ. So lange man ohne eigentliche Kriegspläne und strategische Combinationen nur Entscheidungskämpfe in der Ebene suchte und fand, so lange der kleine Krieg, der sich nur mit leichten Truppen führen läßt, wenig beachtet wurde und für die vortheilhafte Ausnutzung des Terrains noch wenig Sinn und Verständniß vorhanden war, fehlte, wie das Bedürfniß nach tüchtigen Leichtbewaffneten, so auch ernstliche Bemühungen, sich dergleichen zu beschaffen.

Größere Begünstigung des leichten Fußvolks in Folge von Kriegserfahrungen. Nichts fördert so sehr die Verbesserung des Heerwesens, wie der Krieg mit einem ebenbürtigen Gegner. Denn nichts deckt so leicht und klar die eigenen Mängel und Gebrechen auf, nichts schärft so sehr das Auge für die Vorzüge des Gegners. Im Heerwesen findet ein allgemeines Streben der Völker sich zu assimiliren und zu überbieten Statt. Daher nach jedem Kriege jene gesteigerte reformatorische Thätigkeit auf dem Gebiete der Waffentechnik und Heeresorganisation. So haben sich auch die Staaten, deren Heeresordnung zu sehr in der Masse erstarrt war, sobald ihnen ein Gegner mit einer beweglicheren Art der Kriegführung entgegentrat, zu Aenderungen ihrer Heeresorganisation und Taktik im entgegenkommenden Sinne verstehen müssen, und es wiederholt sich dann bei ihnen meist die Erfahrung, daß die Loslösung von dem Banne einseitig ausgebildeter Massenordnung auch zur Verbesserung und ausgiebigeren Verwendung der leichten Infanterie führt. Bei den Griechen waren es besonders die Kriege in den gebirgigen Gegenden Kleinasiens, obenan der denkwürdige Rückzug Xenophons mit seinen 10,000 Griechen nach der Schlacht bei Kunaxa, der in dieser Beziehung bahnbrechend gewirkt hat. [2] Die Römer, ein

---

[1] Vegetius I, 15 erzählt, welche Sorgfalt in der Kaiserzeit, wo man es mit der Ausbildung des einzelnen Soldaten Ernst nahm, gerade auf die Wurf- und Schießübungen verwendet wurden und was alles dazu gehörte, ein tüchtiger Pfeilschütz zu werden.

[2] Rüstow und Köchly, Gesch. d. Griech. Kriegsw. p. 158.

Volk, daß vor andern vom Gegner zu lernen pflegte,[1]) wurden insbesoudere durch die Erfahrungen, die sie in den Kriegen mit den Galliern, mit Pyrrhus, besonders aber mit den Carthagern machten, zu weitgreifenden Concessionen im Sinne der gegnerischen Heeresorganisation und Kriegführung gedrängt, wohin insbesondere auch die größere Begünstigung der leichten Infanterie gehört.

Und in der That, mochte auch diese Truppe im Ganzen als wenig leistungsfähig erscheinen, besonders gegenüber der schweren Linieninfanterie mit ihren furchtbaren Handwaffen und der überwältigenden Wucht ihres Masseneinbruchs, so konnte man oft ihrer Dienste doch gar nicht entbehren. Sie konnte in und außerhalb der Schlacht zur Lösung solcher Aufgaben, die außerhalb der Leistungsfähigkeit des schweren Fußvolks lagen, mit Nutzen herangezogen werden. Lag auch die Entscheidung der Schlacht selbst nicht in ihrem Vermögen, so konnte sie doch indirect auf deren Herbeiführung hinwirken, indem sie abgesehen von dem materiellen Abbruch, den sie dem Feinde that, einen widerstrebenden Gegner zum Kampfe reizte, indem sie, wenn man sich zunächst abwartend verhalten wollte, den bereits zur Entscheidung drängenden Feind bis zum Vorbruch der Angriffscolonnen beschäftigte, indem sie, wenn die Schwerbewaffneten bereits an einander gerathen waren, des Feindes Flanken beunruhigte oder seine Reiterei zurückschreckte. Sie war ferner im Verein mit der Reiterei geeignet, den fliehenden Feind zu verfolgen, oder den geschlagenen Colonnen den Rücken zu decken. Für kleinere Unternehmungen besonders in schwierigem Terrain, zu deren Ausführung Schnelligkeit und Gewandtheit nöthig ist, war sie besonders brauchbar. Wo es galt, mit einem sich nähernden Feinde Fühlung zu suchen, seine Stellungen zu recognosciren, verdächtige Ortschaften, Wälder und dergleichen auszukundschaften, dem Feinde einen Hinterhalt zu legen, ihn beim Fouragiren zu stören, Transporte abzuschneiden, wichtige und schwer zugängliche Terrainabschnitte wegzunehmen, kurz wo es sich um Handstreiche aller Art handelte, konnte das leichte Fußvolk eine sehr schätzbare Thätigkeit entfalten und waren derartige Aufgaben dem schweren Fußvolk gar nicht, der Cavallerie nur zum Theil lösbar.

Aus der vorstehenden allgemeinen Characteristik der Stellung des leichten Fußvolks im Heerwesen der Alten ergiebt sich, warum diese Truppe im Ganzen wenig geachtet war, warum man aber unter Umständen einen größeren Werth auf sie legen mußte. Es ist deßhalb auch ihre Entwickelung bei verschiedenen Völkern eine sehr verschiedene gewesen. Die folgenden Blätter sollen einer Betrachtung des leichten Fußvolks bei den Römern gewidmet sein.

Unentbehrlichkeit des leichten Fußvolks.

[1]) Polyb. 6, 25: ἀγαθοὶ γὰρ, εἰ καί τινες ἕτεροι, μεταλαβεῖν ἔφη καὶ ζηλῶσαι τὸ βέλτιον καὶ Ῥωμαῖοι. Oeuvres de Frédéric le Grand. XXVIII. Réflexions sur la tactique: „Les Romains en s'appropriant les armes avantageuses des nations, contre lesquelles ils avaient combattu, rendirent leurs troupes invincibles." Montesquieu, Considérations sur les causes de la grandeur des Romains etc.: „Leur principale attention était d'examiner en quoi leur ennemi pouvait avoir de la supériorité sur eux, et d'abord ils y mettaient ordre."

Die Entwickelungsgeschichte des leichten römischen Fußvolks ist eng geknüpft an die Entwickelungsgeschichte der Römischen Legion. In der Kindheit der römischen Kriegführung, als der Schwerpunkt der Streitmacht in der auch zu Fuß kämpfenden Reiterei lag, gab es keine leichte Infanterie. Erst mit der Schöpfung der Legion des Servius, in welcher das Fußvolk zu überwiegender Bedeutung gelangte, war das Aufkommen der leichten Infanterie möglich. Diese bildete einen integrirenden Bestandtheil der Legion. Außerhalb der letzteren haben die Römer nie leichtes Fußvolk aus bürgerlichen Elementen organisirt, vielmehr hat sich dasselbe lediglich in und mit der Legion entwickelt. Die wichtigsten Reformen der Legion sind demzufolge auch für die Umbildung des leichten Fußvolks maßgebend gewesen. Wir behandeln deßwegen die Entwickelungsgeschichte des leichten Fußvolks nach den Hauptentwickelungsstufen der Römischen Legion.

<h2 style="text-align:center">I.</h2>

Die Periode der Phalanxstellung. Von Servius Tullius bis Camillus.

Gliederung der Phalanx.

Servius gab der Legion für das Gefecht die Form der Phalanx, ähnlich der Macedonischen [1]), indem er die von ihm für den Census aufgestellten Classenunterschiede auch auf die Heerordnung übertrug, und zwar so, daß von den fünf allein zum Heerdienst und zur Beschaffung der Ausrüstung aus eigenen Mitteln verpflichteten Vermögensklassen die vier ersten, wahrscheinlich jede zu zwei Gliedern geordnet, hinter einander dicht aufgeschlossen standen. Die erste Classe hatte die vollständigste Ausrüstung mit Schutz- und Trutzwaffen, den folgenden fehlten in allmäliger Abstufung einzelne Ausrüstungsstücke.

Rorarier.

Die fünfte Classe (rorarii d. i. Träufler, Plänkler)[2]) war allein ohne alle Schutzwaffen und ohne Schwert, aber mit mehreren Wurfspießen ausgerüstet. Diese Classe bildete also die Leichtbewaffneten. Die Rorarier rangirten in der Legion, waren aber kein Theil der Phalanx, indem sie ihre Grundstellung im Rücken der letzteren mit geringem Abstande vom letzten Gliede erhielten. [3])

Accensen.

Diese fünf Classen bildeten den normalen Bestand der Legion. Es zog jedoch regelmäßig noch eine Abtheilung überzähliger Ersatzreservisten (accensi velati) mit in's Feld, welche nicht zu den fünf im Besitz der bürgerlichen Rechte befindlichen Classen gehörten und deßhalb auch nicht zum eigentlichen Kriegsdienste berechtigt oder verpflichtet waren. Sie wurden aus denjenigen Bürgern entnommen, welche zwar weniger Vermögen als die fünfte Classe, aber mehr als die sogenannten Proletarii und capite censi besaßen, von denen die ersteren nur in Zeiten der Gefahr, die letzteren vor Marius zum Landheer gar nicht ausgehoben wurden. [4])

Verwendung der Accensen.

Die Accensen waren bestimmt, an die Stelle der gefallenen Legionare zu treten, was

---

[1]) Liv. 8, 8.

[2]) Nonius Marc. p. 380 Gerl.: Rorarii appellabantur milites, qui antequam congressae essent acies, primo non multis iaculis inibant proelium. Tractum, quod ante maximas pluvias coelum rorare incipiat.

[3]) Dionys. Halic. 4, 17.

[4]) Niebuhr, Röm. Geschichte I., 496, Göttling, Geschichte der Röm. Staatsverfassung p. 251.

jedoch nur so zu verstehen ist, daß sie aushilfsweise in die letzten Glieder der Phalanx eingestellt wurden, sobald durch das Aufrücken einzelner Leute aus diesen Gliedern in die Stellen ihrer gefallenen Vordermänner daselbst Lücken entstanden waren. Sie fanden hier, da die Phalanx ihre Stärke nur in der Front hatte und beßhalb nur in den vorderften Gliedern zuverlässiger und gut bewehrter Kämpfer bedurfte, leichten Dienst, indem sie nur dazu mitwirkten, daß die für die Phalanx so wichtige Tiefe und Dichtigkeit nicht verloren ging, zum Gebrauch der Waffe unter normalen Verhältnissen aber nicht kamen. Daneben wurden sie zu persönlichen Diensten bei den höheren Officieren[1] und wohl auch zu militärischen Hilfsleistungen verschiedener Art herangezogen. Dies letztere läßt sich wenigstens aus der späteren Verwendung der Accensen unter den Kaisern schließen. Wegen dieser ihrer Stellung und weil sie keinen normalen Bestandtheil des Heeres bildeten, hießen sie accensi (d. i. Beigeordnete), während der Name velati (d. i. nur mit dem Kriegskleide Angethane), sie als Leichtbewaffnete erkennbar macht.[2] Denn sie folgten dem Heere ohne alle Schutzwaffen, jedoch mit Schleuder und Steinen gerüstet und wurden, wie die Rorarier, wenn auch nicht so regelmäßig, als Schützen verwendet, weßhalb sie auch öfters ferentarii (Schleuderer) genannt werden. In dieser ihrer dreifachen Stellung als Ersatz-Reserviften, als Diener und leichte Streiter erinnern sie an die aus den Heiloten entnommenen Schildknappen der Spartaner, welche ihren Herren als Diener in die Schlacht folgten, aber auch zur Bildung der hinteren Glieder der Hoplitenphalanx verwendet wurden und den Kampf mit Fernwaffen einleiteten.[3]

Es läßt sich annehmen, daß die Accensen in dieser Periode, wie in der folgenden, hinter den Rorariern ihre Grundstellung erhielten, doch ohne zu diesen in ein engeres taktisches Verhältniß zu treten.

Ueber die normale Stärke der Rorarier und ihre Gliederung sind wir nicht unterrichtet. Ihre Verwendung war noch sehr elementär. Sie beschränkte sich auf die Eröffnung der Schlacht, wobei die Schützen in aufgelöfter Ordnung um die Flügel der Phalanx vor die Front eilten, ihre Wurfspieße in die Haufen der Feinde schleuderten und dann auf demselben Wege in ihre Grundstellung hinter den Rücken der schützenden Phalanx zurückkehrten. Diese Wurfspieße waren sicher weit schwerer, als die der späteren Veliten. Es mochte also der Mann höchstens 3 oder 4 solche mit in's Gefecht nehmen können. Daß die Rorarier auch mit Schleuder und Stein ausgerüstet gewesen seien, wie Livius[4] und Dionysius[5] erzählen, scheint unwahrscheinlich, und mag diese Ansicht daraus entstanden sein, daß beide Waffengattungen, die Rorarier und Accensen, weil sie außerhalb der Phalanx standen und eine gleichartige Verwendung fanden, öfter für eine einzige Art angesehen wurden.[6]

Für eine umfangreichere Verwendung waren die Leichtbewaffneten in dieser Periode einerseits zu mangelhaft bewaffnet und organifirt, andererseits legte die schwerfällige Phalanxtaktik, in welcher das Princip der Massenordnung zum einseitigsten Ausdruck gebracht worden

---

[1] Varro bei Non. p. 41. G.
[2] Paulus Diac. p. 369 M. Velati appellabantur vestiti et inermes.
[3] Rüftow und Köchly, Geschichte des Griech. Kriegsw. p. 50.
[4] Liv. I, 43.
[5] Dionyf. Hal. IV, 17.
[6] Schneider, de censione hastaria p. 19.

war, auf die Mitwirkung des Schützengefechts zu wenig Werth, und endlich war auch die damalige Kriegführung[1]) für eine ausgiebigere und manigfaltigere Ausnutzung der leichten Infanterie zu wenig entwickelt.

II.

Die Periode der Manipularstellung. Von Camillus bis Marius.

Mängel der Phalanxstellung.

Die Phalanxordnung mit ihrer strengen Gliederung nach verschieden bewaffneten Vermögensklassen erwies sich in der Folge für das gesteigerte Kriegsbedürfniß als unzureichend. In ihrem Organismus war zu viel todte Masse, sie war zu sehr auf die Defensive berechnet und nur in der Ebene bewegungsfähig. Den ersten Anstoß zur Umbildung der bisherigen Heeresverfassung gab ohne Zweifel die Einführung des Truppensoldes während des Vejentischen Krieges (405—396 v. Chr.), da diese auf eine allmälige Zersetzung des timokratischen Fundaments, auf welchem die Phalanxordnung beruhte, und auf größere Berücksichtigung des Dienstalters und der Diensttüchtigkeit hinarbeiten mußte. Zugleich ermöglichte diese Neuerung das Aufgeben der bis dahin üblichen kurzen Sommerfeldzüge. Der Krieg wurde fortab in größerem Maßstabe geführt, nahm schärfer die Aggressive in's Auge und verlangte deßhalb verbesserte Streitmittel, besonders seitdem Rom zum ersten Male mit einem außeritalischen Feinde, den Galliern, in feindselige Berührung gekommen war. Dies führte zu jenen umfassenden Heeresorganisationen, deren wesentlichsten Inhalt man mit dem Namen der Manipularstellung zusammengreift und welche man in der Hauptsache als eine Schöpfung des Camillus zu bezeichnen berechtigt erscheint.

Die erste Manipularstellung.

Unter strenger Festhaltung an dem Legionskörper als dem geschlossenen Rahmen aller taktischen Entwickelungen zerlegte man die Bestandtheile der Legion der Breite und Tiefe nach in eine Anzahl kleinerer getrennt aufgestellter taktischer Einheiten, manipuli genannt, welche zur Schlacht mit regelmäßigen Abständen in drei Treffen hinter einander standen. Die Bewaffnung wurde vereinfacht. Die beiden ersten Treffen, hastati und principes, erhielten im Ganzen dieselbe Ausrüstung, nur das dritte Treffen, triarii, wich darin von den beiden ersten erheblich ab. Diese waren nämlich zur Aufnahme des Kampfes nach einander oder gleichzeitig bestimmt, das dritte Treffen stand dagegen in Reserve und wurde erst, nachdem jene geworfen, zum Kampfe vorgezogen.

Vorzüge derselben.

Diese neue Organisation stürzte mit einem Schlage das alte taktische Princip, indem es die in der Vereinzelung liegende lebendige Kraft zu entscheidender Geltung brachte. Die neue Legion wurde beweglicher und manövrirfähiger, sie legte ihre Stärke in die Offensive und wurde vom Terrain unabhängiger. Dabei wurde durch die Spaltung der Streitmasse nach der Tiefe jenes für die ganze Folgezeit maßgebend gebliebene Reservesystem geschaffen, in welchem die Weisheit und der kriegerische Blick der Römer sich so klar abspiegelt. Den neuen Heereskörper characterisirte Energie und Besonnenheit.

Gliederung der Manipularlegion.

Die einzige Stelle, welche uns über die ältere Manipularlegion Aufschluß giebt, (Livius 8, 8) bietet zwar einen keineswegs sicheren Text und enthält anscheinend einige Irrthümer oder Unklarheiten, hervorgegangen aus der mangelhaften Einsicht des Schriftstellers in das ältere Kriegswesen, läßt jedoch den Kern des Wahren ohne Schwierigkeit erkennen, und es ist der Werth dieser Stelle von Niebuhr (Röm. Geschichte III, p. 112) unverhohlen zugestanden. Sicher ist, daß die Gliederung nach Vermögen bei den drei ersten Censusclassen bereits aufgegeben war,

---

[1]) Siehe oben p. 6.

indem die jüngeren und rüstigeren Streiter dieser drei Classen zur Bildung der beiden ersten Treffen herangezogen wurden, während die älteren Streiter derselben Classen aus der eigentlichen Schlachtreihe ausschieden, um zunächst wohl zur Lagerbesatzung zu dienen [1]), im Felde aber als drittes Treffen die Reserve zu bilden, zu welchem Zwecke ihnen die Leichtbewaffneten der fünften Classe, die Rorarier, und die Accensen attachirt wurden. Diese behielten also dieselbe Grundstellung wie zur Zeit der Phalanxstellung, sie traten aber dadurch in ein engeres Verhältniß zur Legion, daß sie zur Verstärkung der Tiefstellung der Triarier hinter diesen, und wie diese, centurienweise und unter besonderen Befehlshabern aufgestellt wurden. Das so aus drei Elementen bestehende Reserve- und Schützencorps führte den gemeinsamen, vielleicht aus dieser Zusammensetzung zu erklärenden Namen Triarii [2]), welcher später nach Lösung dieses Verhältnisses allein dem Reservecorps verblieb, dessen Angehörige früher pilani hießen. Sie trugen nämlich früher die Wurflanze (pilum), hatten aber zu der in Rede stehenden Zeit diese Waffe bereits gegen die Stoßlanze (hasta) vertauscht, während das Pilum nunmehr auf die beiden ersten Treffen überging. Die vierte Classe endlich, welche früher die beiden letzten Glieder der Phalanx gebildet hatte, wurde jetzt hinter den Manipeln der Hastaten aufgestellt. Sie war ohne Schutzwaffen, aber mit Stoßlanze und mehreren leichten Wurfspießen (gaesa) ausgerüstet, gehörte also zu den Leichtbewaffneten. Die ganze Schlachtordnung zerfiel hiernach in zwei Haupttheile, nämlich die aus zwei Treffen (hastati und principes) bestehende Offensivschlachtordnung, auch antepilani genannt, und das combinirte Reserve- und Schützencorps (triarii, rorarii und accensi).

Diese Grundzüge der Gliederung der älteren Manipularlegion lassen sich mit voller Stärkeverhält-
nisse. Sicherheit aus jener Stelle des Livius entnehmen, größere Schwierigkeit dagegen macht die Feststellung des Stärkeverhältnisses der einzelnen Abtheilungen. Der unsichere Text hat in dieser Beziehung zu den mannigfaltigsten Deutungen Anlaß gegeben. [3]) Folgende Vertheilung scheint am meisten inneren Grund zu haben und aus der Livianischen Darstellung ohne besonderen Zwang entnommen werden zu können: Jede der fünf Ordnungen erhielt 900 Mann. [4]) Rechnet man hierzu die 300 aus der vierten Classe gebildeten leichten Hastaten besonders, [5]) so ergiebt sich eine Gesammtstärke von 4800 Mann und mit Hinzurechnung der Offiziere in runder Summe von 5000 Mann. Man erhält auf diese Weise die von Livius [6]) angegebene Normalstärke der Legion. Da nun in jeder Ordnung 15 Manipel waren, so hatte jeder derselben eine Stärke von 60 Mann, nur der Manipel der Hastaten kam durch den Hinzutritt von je 20 Hastaten auf 80 Mann. Wahrscheinlich standen sämmtliche Manipel zu 10 Mann Frontbreite, mithin der Manipel der Hastaten zu 8 Mann, die übrigen zu 6 Mann Tiefe.

An Leichtbewaffneten enthielt hiernach die Legion 300 Hastaten, 900 Rorarier und 900 Leichtbewaffnete
der Manipular-
legion. Accensen, zusammen 2100 Mann. Die Angabe des Livius, daß die Accensen einen normalen

---

[1]) Niebuhr, Röm. G. II p. 531.

[2]) Göthling, Gesch. der Röm. Staatsverf. p. 365. Niebuhr, R. G. I, p. 581 leitet den Namen Triarii daher ab, weil diese aus den drei ersten Vermögensclassen zusammengesetzt waren.

[3]) Das Nähere bei Marquardt in Becker's Handbuch der Röm. Alterthümer p. 271 ff. Niebuhr, R. G. III, 115.

[4]) Dies ist auch Niebuhrs Annahme.

[5]) Man ist dies zu thun berechtigt, sobald man mit Weißenborn (Anm. zu Liv. 8, 8) die Worte „ordo sexagenos milites, duos centuriones, vexillarium unum habebat" als Glossen betrachtet.

[6]) Liv. 8, 9.

Bestandtheil der Legion gebildet hätten, ist vielfach als irrthümlich angesehen worden, weil die Accensen als eine überzählige Ersatzmannschaft zu betrachten seien.[1] Man hat jedoch dabei vergessen, daß die Einstellung der Accensen als Ersatzmänner, wie sie für die Zeit der Phalanxstellung durchaus angemessen und ausführbar war,[2] für die Zeit der Manipularstellung ganz unannehmbar ist. Welchen Zweck konnte es haben, diese nach des Livius Angabe höchst unzuverläffigen, nur auf den Gebrauch der Schleuder eingeübten Leute in die aus ganz anders bewaffneten und bisciplinirten Elementen zusammengefügten Manipel einzuschieben, deren Kleinheit von jedem einzelnen Mann kriegerischen Ernst und Tüchtigkeit im Gebrauche der Waffen verlangte? Eine solche Maßregel hätte, wenn sie überhaupt im Kampfgewühl und in der großen Vereinzelung der Manipel ausführbar war, eher Schaden, als Nutzen gebracht. Auch war die sofortige Ausfüllung etwaiger Lücken dem Manipel lange nicht in dem Grade, wie der auf strenge Formenregelmäßigkeit berechneten Phalanx Bedürfniß. Es ist daher anzunehmen, daß die Accensen in dieser Periode aufgehört hatten Ersatztruppe zu sein. Eine so durchgreifende Reform, wie die, welche zur Manipularordnung führte, mag auch die Stellung der Accensen gebessert haben. Auch findet diese Ansicht dadurch Bestätigung, daß in der Periode der verbesserten Manipularlegion die Accensen eingegangen waren. Die Manipularlegion konnte eben der Ersatzreserve entbehren. Die Accensen scheinen vielmehr zu der Stellung einer allgemeinen Dispositionstruppe des Feldherrn sich emancipirt zu haben. So wurden sie in der Schlacht am Vesuv (340 v. Chr.) sogar als Linientruppen verwendet, indem sie in der Bewaffnung der Triarier ausnahmsweise gegen den schon ermüdeten Feind vorgeschickt wurden, der sie auch wirklich für Triarier hielt, was ebenfalls den Schluß zuläßt, daß sie ein normaler und festgegliederter Theil der Legion und an Stärke den Triariern gleich waren. Der zuletzt erwähnte außerordentliche Gebrauch schloß natürlich eine anderweitige manigfaltige Verwendung, namentlich als Schützen, nicht aus.

Man darf sich wundern, daß die Schöpfung der Manipularlegion nicht auch eine zweckmäßigere Reorganisation des leichten Fußvolks zur unmittelbaren Folge hatte, wie es bei ähnlichen taktischen Neuerungen doch sonst zu geschehen pflegte.[3] Bei den Römern bedurfte es indessen noch kräftigerer Impulse, als sie die bisherigen Kriegserfahrungen boten, um sie zu einer durchgreifenden Thätigkeit nach dieser Richtung hin anzuspornen. Auch hatte diese erste Manipularlegion noch einen Rest der alten Phalanxordnung in ihrem Reserve- und Schützencorps festgehalten, indem Triarier, Rorarier und Accensen manipelweise dicht auf einander aufgeschlossen eine feste Mauer von bedeutender Tiefe bildeten, welche, nachdem sie die geschlagenen Hastaten und Principer in ihre Intervalle aufgenommen hatte, den Ansturm der Feinde noch zu brechen vermochte. Dies war der Grund, weßhalb man den beiden Gattungen der Leichtbewaffneten ihre Grundstellung hinter den Triariern ließ. Man bedurfte ihrer zur Verstärkung der Masse und es folgt auch aus dieser Anordnung, daß sie dieselbe Stärke und Gliederung, wie die Triarier, haben mußten. Kam es zum Zusammenstoß, so konnten wenigstens einzelne Glieder der Rorarier, und Accensen auch noch dadurch einen weiteren Nutzen gewähren, daß sie über die voranstehenden Glieder hinwegschleudernd des Feindes Angriffscolonnen beunruhigten.[4]

---

[1] Niebuhr, R. G. III, 116. Marquardt a. a. O. p. 274.

[2] Siehe oben p. 9.

[3] Rüstow und Köchly a. a. O. p. 158.

[4] Dieselbe Verwendung fanden in der spartanischen Hoplitenphalanx die leichtbewaffneten Sclaven. Vergl. Rüstow und Köchly p. 48.

Im Uebrigen kämpften die Rorarier und Accensen als Schützen vor der Schlachtlinie zur Einleitung des Gefechtes in derselben Weise, wie in der früheren Periode, doch konnten jetzt die ersteren auch zur Unterstützung des Gefechts der Hastaten in deren Manipelintervalle vorgezogen werden. [1])

Was endlich jene 300 leichten Hastaten anlangt, so fehlen uns über deren Verwendung bestimmte Nachrichten. Daß sie auch als Schützen kämpften, ergiebt sich aus ihrer oben erwähnten Bewaffnung. Wahrscheinlich warfen sie erst, wenn die Schwerbewaffneten vorzurücken begannen, und nachdem die Rorarier und Accensen die Front frei gemacht hatten, rasch vor ihre Manipel vorspringend ihre Wurfspieße in die feindlichen Haufen, um dann in ihre frühere Stellung zurückzukehren. An ein ihrerseits unterhaltenes längeres Schützengefecht ist nicht zu denken.

Die ältere Manipularstellung war einer weiteren Entwickelung fähig und bedürftig. Ihre hauptsächlichsten Mängel bestanden darin, daß 1) das Princip der Vereinzelung in ihren beiden Offensivtreffen durch zu große Verkleinerung der taktischen Einheit zu weit getrieben war, 2) daß die Bewaffnung innerhalb der Legion eine zu ungleiche war, 3) daß das Reserve- und Schützencorps den phalangitischen Character, der sich mit dem Princip der neuen Ordnung schlecht vertrug, zu wenig abgestreift hatte, 4) daß die Leichtbewaffneten, trotzdem sie in großer Anzahl vorhanden waren, in ihrer Organisation und Bewaffnung den gesteigerten Anforderungen der neuen Taktik nicht entsprachen. Diese Mängel wurden beseitigt durch eine neue Reform, welche zu jener verbesserten Manipularstellung führte, von der uns Polybius [2]) ein klares Bild entrollt, und die bis zu den Zeiten des Marius unverändert fortbestanden hat. Ihre Grundzüge sind folgende:

Die taktische Einheit wurde bei den beiden Offensivtreffen vergrößert bei gleichzeitiger Verminderung der Zahl derselben in den einzelnen Treffen. An die Stelle der 15 Manipel zu 60 Mann = 900 Mann traten sowohl bei den Hastaten, als den Principes, je 10 Manipel zu 120 Mann = 1200 Mann. Dagegen behielten die Manipel der Triarier ihre frühere Stärke von 60 Mann, welche Stärke für die Reservelinie als ausreichend betrachtet werden konnte, und da auch sie fortan nur noch 10 Manipel bildeten, so minderte sich ihre Zahl von 900 auf 600 Mann. Es standen also in der Legion an Schwerbewaffneten: 1200 Hastaten, 1200 Principer, 600 Triarier. Mit Hinzurechnung der unten zu erwähnenden 1200 Leichtbewaffneten ergiebt sich demnach eine Gesammtstärke von 4200 Mann. Die beiden ersten Treffen erhielten im Wesentlichen gleiche Bewaffnung. Außer der nöthigen Defensivbewaffnung führten sie von jetzt ab das zum Stoß und Wurf auf kürzere Entfernungen gleich geeignete Pilum, während die Triarier die Stoßlanze (hasta) beibehielten. Bezüglich der Vertheilung auf die einzelnen Treffen wurde das Altersprincip nun auch auf die 4. Vermögensclasse, welche bis dahin nur leichte Hastaten gestellt hatte, ausgedehnt. Es traten von jetzt ab die jüngsten der vier ersten Classen zuerst unter die Hastaten ein, rückten später in die Linie der Principer und zuletzt in die der Triarier auf, die demnach aus den ältesten und erprobtesten Leuten bestanden.

Am wichtigsten für den vorliegenden Zweck ist nun die Umgestaltung, die mit den Leichtbewaffneten vorgenommen wurde. Auf diese haben wir näher einzugehen. Auch in dieser Periode

---

[1]) Liv. 8, 9.
[2]) Polyb. VI, 21—24.

wurden die Leichtbewaffneten nur aus den untersten Vermögensclaffen ausgehoben,[1] sie hatten also zu einer ebenbürtigen Stellung mit den Schwerbewaffneten sich nicht zu emancipiren gewußt. Dennoch wurden sie einer gründlichen Reorganisation unterworfen und zwar nach folgenden Gesichtspunkten: 1) Man ließ für die Folge nur e i n e Art Leichtbewaffneter bestehen, nämlich Speerschützen (Velites). Die leichten Hastaten fielen von selbst weg und die Accensen wurden abgeschafft, 2) die Speerschützen traten als ein normaler Bestandtheil der Legion in ein inneres Verhältniß zu derselben. Sie wurden in einer Normalstärke von 1200 Mann für jede Legion ausgehoben und gleichmäßig auf alle Manipel vertheilt. Diese Vertheilung geschah in folgender Weise: Jeder Manipel (Kompagnie) bestand aus zwei dicht neben einander aufgestellten Centurien (Zügen) zu 10 Mann Frontbreite, so daß die Gesammtfrontbreite des Manipel 20 Mann betrug. Es standen mithin die Hastaten und Principer, deren Manipel eine Stärke von 120 M nn hatten, 6 Mann tief, die Triarier aber, deren Manipel nur halb so stark waren, 3 Mann tief. Da nun die ganze Legion 30 Manipel enthielt, so kamen von den 1200 Speerschützen auf jeden derselben 40. Diese wurden zur Bildung der letzten Glieder verwendet, verstärkten also die Tiefe um zwei Glieder, so daß nach Einstellung der Speerschützen die Hastaten und Principer in Rotten zu 8 Mann, die Triarier in Rotten zu 5 Mann standen. 3) Eine höchst wichtige Veränderung wurde mit der Bewaffnung vorgenommen.[2] Die Speerschützen erhielten einen leichteren und zweckmäßiger construirten Wurfspieß (iaculum, hasta velitaris, $\gamma\varrho\acute{o}\sigma\varphi o\varsigma$.) Er war 4 Fuß lang, 1 Zoll dick und mit einer dünnen, eine Spanne langen Eisenspitze versehen, welche beim Eindringen in den Schild sich umbog, so daß der Spieß zum Rückwurf unbrauchbar wurde. Die Schützen erhielten deren gewöhnlich sieben. Ferner wurden sie, wie die Schwerbewaffneten, mit dem Spanischen Schwert ausgerüstet. An Schutzwaffen trugen sie einen 3 Fuß im Durchmesser haltenden kreisrunden Schild (parma), aus Holz gefertigt und mit Leder überzogen, der vermittelst eines Doppelriemens über den Arm geschoben werden konnte, so daß der Schütz für den Gebrauch des Schwertes die Wurfspeere in die linke Hand nehmen konnte.[3] Dieser Schild deckte den Mann ausreichend und hatte den Vorzug vor dem länglichen Schild der Schwerbewaffneten, daß er handlicher und leichter war und die Bewegungen des Körpers weniger hinderte. Dazu kam noch eine leichte Kappe oder ein Helm, gewöhnlich von Wolfsfell.

Daß mit dieser Reorganisation des leichten Fußvolks ein bedeutender Fortschritt gegen früher gemacht war, liegt auf der Hand. In der älteren Manipularlegion hatte es drei verschiedene Elemente von Leichtbewaffneten gegeben. Dies mußte zur Zerfahrenheit führen. Für ein zweckmäßiges Ineinandergreifen derselben und organisches Zusammenwirken mit dem Kern der Legion waren sie nicht geschickt. Wollte man mehrere Arten von Leichtbewaffneten behalten, so hätte man neben der Legion selbstständige Corps aus ihnen bilden müssen. Aber eine solche Inspiration lag den Römern, wie oben schon angedeutet wurde, fern. Da man also innerhalb der Legion nur e i n e Art leichten Fußvolks brauchen konnte, so beschränkte man sich auf Speerschützen. Dafür hatte man noch folgende besondere Gründe: 1) Unter den bis dahin zum Fernkampfe verwendeten Waffen hatte sich der Wurfspeer am meisten bewährt, während die bisherigen

---

[1] Polyb. VI, 21: $\delta\iota\alpha\lambda\acute{e}\gamma o\upsilon\sigma\iota\ \tau\tilde{\omega}\nu\ \grave{\alpha}\nu\delta\varrho\tilde{\omega}\nu\ \tauo\grave{\iota}\varsigma\ \nu\varepsilon\omega\tau\acute{\alpha}\tauo\upsilon\varsigma\ \varkappa\alpha\grave{\iota}\ \pi\varepsilon\nu\iota\chi\varrho o\tau\acute{\alpha}\tauo\upsilon\varsigma\ \varepsilon\grave{\iota}\varsigma\ \tauo\grave{\upsilon}\varsigma\ \gamma\varrho o\sigma\varphi o\mu\acute{\alpha}\chi o\upsilon\varsigma$.
[2] Polyb. VI, 22. Marquardt a. a. O. p. 253.
[3] Liv. 38, 21.

Kriegserfahrungen Schleuder und Bogen noch entbehrlich erscheinen ließen, da diese Waffen auch den Völkern, mit welchen die Römer bis dahin gekriegt hatten, nicht sympathisch waren. 2) Die Leichtbewaffneten wurden damit auch in Bezug auf Bewaffnung und Kampfesweise den Schwerbewaffneten genähert. 3) Unter allen Schützen läßt sich der Speerschütz allein leicht zum Kampf in der Nähe ausrüsten. Dies letztere faßten die Römer bei der in Rede stehenden Organisation ihres leichten Fußvolks besonders scharf in's Auge, und die neue Ausrüstung war für diesen Zweck wohlberechnet. Damit erhielt diese Truppe einen höchst schätzenswerthen Vorzug vor den früheren Rorariern. Der neue Schütz konnte sich im Vertrauen auf sein gutes Schwert und seine Schutzwaffen dreist viel weiter vor die Front hinauswagen, als es der den feindlichen Geschossen schutzlos Preis gegebene und zum Nahkampf ganz untaugliche Rorarier thun durfte. Zudem gewährte die durch die größere Leichtigkeit der Wurfspieße bedingte größere Tragweite derselben dem Schützen den Vortheil, das Ferngefecht schon auf größere Entfernungen eröffnen zu können, während der Umstand, daß er deren eine größere Menge tragen konnte, eine längere Unterhaltung desselben ermöglichte. Trotz der größeren Belastung der Schützen war übrigens dabei doch die Rücksicht auf die nöthige Beweglichkeit nicht außer Acht gelassen worden. Damit steht ein weiterer Vorzug des neuen Speerschützen vor den Rorariern in Verbindung. Sie waren selbstständiger geworden und konnten beßwegen eine weit vielseitigere Verwendung auch außerhalb der Feldschlacht finden.

Ferner hatte durch die oben erwähnte Veränderung der Grundstellung der Leichbewaffneten einerseits die Gliederung der Legion selbst erheblich gewonnen, indem nun die letzte Spur der alten Phalanxordnung schwand und das Dreitreffensystem zu reiner Darstellung kam, andererseits bot die neue Aufstellung den Speerschützen selbst mancherlei Vortheile. Sie befähigte dieselben auf dem geradesten Wege gegen den Feind vorzubrechen, wobei sie die Manipelintervalle gleichsam als Ausfallpforten benutzten, und gewährte ihnen, wenn sie sich zurückziehen mußten, einen sicheren Zufluchtsort. Endlich mußte die engere taktische Verbindung des schweren und leichten Fußvolks das Ineinandergreifen beider Waffengattungen befördern. [1]

Der innere Zusammenhang, welcher offenbar zwischen der erwähnten Reorganisation des leichten Fußvolks und den anderweitigen Verbesserungen der Manipularlegion besteht, läßt den Schluß gerechtfertigt erscheinen, daß beides auch der Zeit nach zusammenfiel. Da nun die neue Manipularlegion während der Punischen Kriege, vielleicht schon während des Krieges gegen Pyrrhus [2], feste Gestalt gewonnen hatte, so muß auch die Einführung der neuen Speerschützen bis in diese Zeit zurückgeführt werden. Es ist deßhalb die Ansicht, der man in älteren und neueren Werken begegnet, [3] daß die neuen Speerschützen erst während der Belagerung von Capua (212 v. Chr.) eingeführt seien, unbenkbar. Veranlassung zu dieser falschen Meinung hat der in militärischen Dingen so wenig zuverlässige Livius dadurch gegeben, daß er bei Erwähnung der ersten Verwendung der Speerschützen (Velites) als Reiterbegleiter [4] diesen einfachen Hergang so

Erörterung der Frage, seit wo die neuen Speerschützen bestand

---

[1] Veget. II, 2.

[2] Mommsen, Röm. Geschichte I, p. 431. „Vollständig entwickelt erscheint die Manipularlegion im pyrrhischen Kriege.‟

[3] Lipsius III, 1. Le Beau, Mémoires de l'Acad. des Inscript. et belles lettres Vol. XXIX. p. 372. Marquardt a. a. O. p. 259, 275.

[4] Liv. XXVI, 4.

erzählt, als ob damals die Veliten erst neu geschaffen und demnächst in die Legion aufgenommen worden seien, obgleich er selbst schon früher[1]) Veliten erwähnt. Hieraus möchte ich freilich keine Folgerung ziehen, desto sicherer aber scheint aus folgenden Umständen auf ein früheres Bestehen der neuen Speerschützen geschlossen werden zu dürfen: 1) Rorarier und Accensen werden für die Zeit der Punischen Kriege von Römischen Schriftstellern nicht mehr erwähnt. Es erscheint dafür ein neuer Name, iaculatores, der, wo er sich ausschließlich auf Römische Leichtbewaffnete bezieht, nur die neuen Wurfschützen bezeichnen kann. 2) Polybius nennt bereits in seiner Beschreibung der Schlacht bei Tunis (255 v. Chr.) die Römischen Wurfschützen γροσφομάχοι[2]) mit welchem Namen er das Römische iaculatores übersetzt, während er in seiner Beschreibung der Belagerung Capuas von der Organisation einer neuen Infanterie nichts berichtet.[3]) Ein so gründlicher und mit so gediegener Sachkenntniß in militärischen Dingen ausgerüsteter Schriftsteller würde doch wohl eine so wichtige Neuerung nicht unerwähnt gelassen haben, wenn sie wirklich Statt gefunden hätte. Daß er die Speerschützen daneben auch bisweilen ἀκοντισταί nennt, kann nicht irre führen, wenn man bedenkt, daß dies nur eine andere Uebersetzung für das in den Quellen vorgefundene iaculatores ist. 3) Der Gebrauch, welcher von den Römischen Speerschützen lange vor der Belagerung Capuas gemacht wurde, geht weit über die Leistungsfähigkeit der Rorarier hinaus und läßt sich nur durch die Annahme einer im obigen Sinne organisirten Truppe verstehen. Der kräftige Wiberstand, durch welchen die Römischen Wurfschützen in der Schlacht an der Abbua (223 v. Chr.) den Anprall der stolzen Gallischen Gäsaten, die doch mit Schilden ausgerüstet waren, brachen,[4]) ist nur erklärlich unter der Voraussetzung, daß auch die Römischen Wurfschützen Schutzwaffen und eine größere Anzahl tüchtiger Wurflanzen hatten. Auch erzählt dabei Polybius ausdrücklich, daß die Gallier, weil sie von den dicht hagelnden Wurfgeschossen der Römischen Schützen zu schwer litten, sich schließlich in blinder Wuth diesen entgegenwarfen und so freiwillig dem Tode überlieferten.[5]) Wie wäre eine solche Leistung wohl den Rorariern möglich gewesen? Ebenso wenig hätte man ferner die letzteren zu den damals oft vorkommenden selbstständigen Unternehmungen, wo es einer tüchtigen und für den Nahkampf geeigneten Truppe benöthigte, verwenden können, wie z. B. im Gefecht am Ticinus, wo die Wurfschützen allein mit der Reiterei gepaart das Treffen durchführten.

Es ist nun von der Verwendung der Speerschützen und zwar zunächst zum Schützengefecht zu reden. Dieselben waren, wie oben dargethan wurde, auf die einzelnen Manipel vertheilt und taktisch wie administrativ aufs Engste mit ihnen verbunden. Sie nahmen in jedem Manipel die letzten beiden Glieder ein, hatten aber keine eigenen Offiziere, sondern waren den Offizieren ihres Manipels unterstellt.[6]) In ihrer Grundstellung bildeten sie für jedes Manipel einen besonderen Schützenzug zu 40 Mann, der wieder entsprechend der Eintheilung des Manipels in zwei Centurien von selbst in zwei Halbzüge zerfiel. Das in der Legion herrschende Princip

---

[1]) Liv. 21, 55; 23, 29; 24, 34.
[2]) Polyb. I, 33.
[3]) Polyb. IX, 3.
[4]) Polyb. II, 30.
[5]) Polyb. II, 30: οἱ μὲν εἰς τοὺς πολεμίους ὑπὸ τοῦ θυμοῦ καὶ τῆς ἀλογιστίας εἰχῇ προπίπτοντες καὶ διδόντες σφᾶς αὐτοὺς ἑκουσίως ἀπέθνησκον.
[6])Polyb. VI, 24.

der Individualisirung war demnach auch auf das leichte Fußvolk voll ausgedehnt worden, und man sollte meinen, daß diese Anordnung, durch welche der Manipel die Gestalt der heutigen Compagniecolonne erhielt, auch auf ein Zusammenwirken des Schützen- und Massengefechts innerhalb des Manipels berechnet gewesen sei. Aber dem ist nicht so. Nirgends erzählen uns die Schriftsteller, daß der Manipel in seiner Vereinzelung aus den ihm zugesellten Schützen Nutzen gezogen habe. Für eine solche Verwendung der letzteren war auch das Princip der Einzelordnung und das Schützensystem noch zu wenig entwickelt. Die Einordnung der Schützen in die Manipel war also doch mehr eine äußerliche. Sie entsprach einer richtigen Theorie, wurde aber practisch nicht ausgebeutet. Vielmehr konnte die damalige Legionstaktik nur auf die Verwendung der Schützen in Masse Werth legen, und es mußten zu diesem Zwecke die zersplitterten Theile des Legionsschützencorps doch immer wieder zusammen gezogen werden.

Der Uebergang von der Grundstellung zur Gefechtsordnung geschah nun auf folgende Weise: War die gewöhnliche Aufstellung zur Schlacht in dichten Reihen (confertis ordinibus) genommen, wobei Rotten und Glieder nur einen Abstand von 3 Fuß hatten und zwischen je 2 Manipeln ein Intervall von der Breite eines Manipels bestand, so pflegte man schon vor Eröffnung des Gefechts die Schützen in diese Intervalle einrücken zu lassen, um sie im geeigneten Moment rasch in die Gefechtsstellung vorspringen lassen zu können. Da nun die Frontbreite eines jeden Schützenzuges gleich ist der Breite des Intervalls, so geschah dieses Einrücken am natürlichsten durch gleichzeitiges Rechts- oder Linksaufmarschiren der einzelnen Schützenzüge in das nächste Intervall, worauf die Schützenzüge des zweiten und dritten Treffens hinter den ihrer Manipelnummer entsprechenden Schützenzug des ersten Treffens vorrückten. ¹) War dies geschehen, so befanden sich in den Intervallen der Hastaten je 3 Schützenzüge zu je 2 Gliedern geordnet hintereinander und füllten so auch der Tiefe nach das ganze Intervall aus. Die 3 vereinigten Schützenzüge konnten mithin auch als Manipel bezeichnet werden. ²) Nun stand das ganze erste Treffen geschlossen. Schwerbewaffnete und Leichtbewaffnete wechselten regelmäßig manipelweise ab.

Standen vorher die Manipel in geöffneten Reihen (laxatis ordinibus), wobei Rotten und Glieder zum freieren Gebrauch der Waffen doppelten, d. h. 6 Fuß Abstand hatten und folglich die Treffen ununterbrochene Frontlinien bildeten, so mußten erst durch Schließen der einzelnen Manipel nach der Mitte die Intervalle wieder hergestellt werden, worauf der Einmarsch der Schützen wie vorher erfolgte. Die Bildung der Schützenkette aus der so gewonnenen Aufstellung wurde nun am einfachsten so bewirkt, daß sämmtliche Schützenmanipel gleichzeitig vor die Front rückten und dort links deployirend ausschwärmten, wobei die einzelnen jetzt eine fortlaufende Linie von 2 Gliedern bildenden Schützenmanipel Anschluß an einander suchten. Im Schützengefecht secundirten die beiden Kämpfer je einer Rotte einander. War nun, wie dies meist geschehen zu sein pflegt, das ganze Schützencorps in die Schwärmlinie gezogen, so mußte diese

---

¹) Die Ausfüllung der Intervalle konnte allerdings auch so vor sich gehen, daß von den beiden Halbzügen jedes Schützenzuges der erste Halbzug rechts, der zweite links in das angrenzende Intervall einrückte. Dieses Manöver hält Marquardt p. 262 für das einfachste. Es war aber, obgleich es sich durch gefällige Form empfiehlt, darum weniger zweckmäßig, weil es zu einem Auseinanderreißen der zusammengehörigen Schützenzüge führte, was bei dem späteren Uebergange zur Gefechtsstellung Verwirrung zur Folge haben konnte.

²) So werden sie auch von Polybius (XV, 9: γροσφομάχων σπείραι) und Livius (XXX, 33: Velitum ordines) genannt.

die Legionsfront stark überflügeln, da auf die doppelte Manipelbreite in der Legion immer drei Manipelbreiten bei den Schützen kamen, die Rotten der letzteren aber doch wenigstens den gleichen Abstand, wie die der Schwerbewaffneten, also 3 Fuß haben mußten. Dieser Abstand mußte sogar, wo es irgend anging, noch erheblich überschritten werden, weil er den Schützen noch zu wenig freie Bewegung gestattete.

Diese langgedehnte, die Legionsfront um wenigstens ein Drittel ihrer Gesammtbreite überragende Schwärmlinie mußte natürlich auf ein Umfassen der Flügel des Feindes hindrängen, wenn dieser nicht eine gleiche Zahl Leichtbewaffneter entgegenzustellen hatte oder seine Flügel durch Reiterei ungenügend gedeckt waren.[1] Verboten die Verhältnisse die Verfolgung eines solchen Zieles, und stellte der Feind selbst nicht große Massen Leichtbewaffneter gegenüber, so wird man sich in der Regel begnügt haben, zuerst einen Theil des Schützencorps, etwa zwei Schützenzüge, ausschwärmen zu lassen. Der Rest folgte dann außer Schußweite als Unterstützungstrupp oder wurde in den Manipelintervallen zurückgehalten, um später in die Lücken der Gefallenen zu treten, oder zur Verstärkung bedrohter Punkte herangezogen zu werden.

Waren die von beiden Seiten vorgeschickten Schützen quantitativ und qualitativ wenig verschieden, so fand ihr Kampf durch den Verbrauch der Fernwaffen ein natürliches Ende[2], falls nicht schon vorher eine Seite ihre geschlossenen Colonnen vorrücken, oder die Hitze des Kampfes die Speerschützen zum Nahkampfe an einander prallen ließ. Dann zogen sich die Schützen wieder durch die Intervalle in ihre Grundstellung hinter den Manipeln, oder auch hinter den Rücken der Legion zurück und waren nun während des weiteren Verlaufes der Schlacht in der Regel zur Unthätigkeit verurtheilt. Hatten sie jedoch ihren Vorrath von Wurfspießen noch nicht aufgebraucht, so konnten sie den Angriff der in geschlossener Ordnung vorrückenden Legion noch weiter durch Beunruhigung der Flanken des Feindes unterstützen. In diesem Falle mußten sie die Front für die anrückenden Sturmcolonnen durch rasches Auseinanderlaufen nach den Flügeln frei machen, um hier durch eine entsprechende Schwenkung Stellung gegen den Feind zu gewinnen.[3] Hier konnten sie natürlich nur dann Nutzen schaffen, wenn der Feind seine Flanken genügend zu decken außer Acht gelassen hatte.

Das Vorgehen der Schützen durch die Intervalle war auf Ueberraschung berechnet und daher mehr in der Offensivschlacht anwendbar. Natürlich konnten auch gleichzeitig mit der Bildung der Schlachtordnung die Schützen vor der Front aufgestellt werden. Zu dieser Maßregel mußte man greifen, wenn der Angriff des Feindes erwartet wurde und man ihm sogleich mit festen Stellungen begegnen wollte, also in der Defensivschlacht. Hier hatte man es in der Hand, für die Schützenlinie die Vortheile des Terrains zu verwerthen, unter Umständen sogar durch Kunst zu steigern, woraus folgt, daß die Schützen in der Defensive vortheilhafter zu verwenden waren, als in der Offensive. Wollte man ferner ohne einleitendes Plänklergefecht sofort einen Offensivstoß thun, so pflegte man die Schützen schon vor Beginn der Schlacht aus der Legion herauszuziehen, um sie auf die Flügel zu vertheilen und dort insbesondere zur Unterstützung der Reiterei beim Flankenangriff aufzusparen. Lag jedoch das Vorziehen der Schützen zum Tirailleurgefecht über-

---

[1] Veget. III, 26: Qui levem armaturam optimam regit, utramque alam hostis invadat ferentariis ante aciem constitutis.

[2] Polyb. III, 73. Onosander Strat. 19.

[3] Onosander Strateg. 20.

haupt nicht in der Absicht des Feldherrn, so konnten diese doch von der oben beschriebenen Aufstellung in den Manipelintervallen aus selbst das Massengefecht unterstützen, indem sie die gegen den anrückenden Feind von den Schwerbewaffneten geschleuderte Pilensalve durch begleitende Speersalven verstärkten und die Flanken der zum Nahkampfe aufgerückten Colonnen beunruhigten.[1] In diesem Falle genügte es, nur die Schützenzüge der Hastaten in die Manipel eintreten zu lassen, die der Principer und Triarier blieben in ihrer Grundstellung.[2] Eine größere Tiefstellung der Schützen wäre hier in der That zwecklos gewesen, da es ja bei ihnen nicht auf energischen Widerstand gegen die schwerbewaffneten feindlichen Colonnen abgesehen sein konnte.

Obgleich nun die zweckmäßige Bewaffnung der Veliten und ihre Aufnahme in die Legion auf eine engere Verbindung des Schützen- und Massengefechts innerhalb der Legion nicht ohne Einfluß sein konnte, so fehlte doch noch sehr viel zu jenem bewußten und organischen Zusammenwirken beider Gefechtsarten, welches in den modernen Heeren Statt findet. Die in der Einleitung hervorgehobenen Mängel, welche der leichten Infanterie der Alten überhaupt anhafteten, insbesondere das Fehlen einer tüchtigen für den Fernkampf, wie für den Nahkampf gleich geeigneten Waffe, ließen eine innigere Vermittelung zwischen leichtem und schwerem Fußvolk und den beiderseitigen schroff einander gegenüberstehenden taktischen Principien nicht zu.[3] Außerdem verlangt die wirksame Verwendung einer Truppe zum Schützengefecht gründliche Ausbildung der Individualität des einzelnen Mannes, intelligente Leitung und sorgfältiges Einüben auf die Eigenart des Gefechts. Denn gerade in der zerstreuten Ordnung muß der einzelne Mann bei dem größeren Maße freier Bewegung, das ihm hier gestattet ist, seine Thätigkeit mit Bewußtsein auf das Ganze und die vorschwebende Gefechtsidee zu beziehen wissen.

Nun beweist aber schon die oben erwähnte Einrichtung, daß die Schützenzüge keine eigenen Offiziere hatten, daß man weder eine sorgfältige Einübung für das Schützengefecht, noch eine sachkundige Ueberwachung desselben in's Auge gefaßt hatte. Zwar läßt sich allenfalls annehmen, daß in den Reihen der Schützen selbst untergeordnete Befehlshaber vorhanden waren, die die Ueberwachung des Detaildienstes übernehmen konnten, auf welche Weise aber bei dem Fehlen höherer Befehlshaber der gleichen Waffengattung die größeren Abtheilungen geleitet wurden, und wie die Bewegungen der ganzen Schützenlinie feste Directiven empfingen; darüber hüllen sich unsere Quellen in hartnäckiges Schweigen, und auch dieser Umstand macht es klar, daß das Schützengefecht noch keine hervorragende Rolle im Schlachtendrama zu spielen berufen war. Sein Hauptwerth bestand demnach auch in dieser Periode in der materiellen Schwächung des Gegners, sowie in dem moralischen Eindruck, den das kecke Vorgehen in Einzelordnung auszuüben pflegt. Für die Durchführung des Gefechts beschränkte sich die Mitwirkung der Schützen im Wesentlichen darauf, daß hinter ihren den Feind beschäftigenden und beunruhigenden Schwärmlinien eine noch unfertige Schlachtordnung sich vollenden, eine schon getroffene Gefechtsdisposition abgeändert und der günstige Moment für das Vorbrechen der Angriffscolonnen abgewartet werden konnte.[4]

---

[1]) Onosander, Strat. 19.

[2]) Liv. 28, 29: Velitum pars inter antesignanos locata, pars post signa accepta.

[3]) Rüstow, Heerw. und Kriegf. Cäsars p. 60.

[4]) Höhere Aufgaben stellte auch Friedrich d. Gr. seinen Freibataillonen für das Gefecht nicht. Sie sollten gegen den Feind vorgehen, „pour attirer son feu et mettre quelque confusion parmi les troupes ce qui facilite le chemin de la seconde ligne." (Oeuvres de Fréd. l. G. XXIX. Elém. de castram. et de tactique.)

Aber die Veliten waren auch keine bloßen Schützen. Die Einsicht der Römer hatte aus ihnen eine Mittelgattung zwischen leichter und schwerer Infanterie zu machen gewußt, indem sie denselben eine für das Nahgefecht geeignete Bewaffnung gaben. Auf diese Weise wurde der Vorzug größerer Treffweite und größeren Munitionsvorraths, den Bogenschützen und Schleuderer vor den Speerschützen voraus hatten, ausgeglichen, so daß sie den Kampf mit jenen aufnehmen konnten. So lange freilich Bogenschützen und Schleuderer im Kampfe mit Speerschützen sich außerhalb der Tragweite des Wurfspeeres, aber innerhalb der Tragweite ihrer eigenen Waffen zu halten verstanden, hatten sie die Ueberlegenheit, auf freiem Terrain dagegen, und wo die Bogenschützen und Schleuderer sich selbst überlassen waren, vermochten sie den Veliten nicht Stand zu halten. Wo es daher irgend anging, drängten diese, sobald sie sich verschossen hatten, zum Handgemenge,[1] wodurch sie gegenüber einem untüchtigen oder schon stark erschütterten Feinde in geschlossener Linie vorgehend Terrain zu gewinnen vermochten.[2] In dieser Beziehung hatten sie Aehnlichkeit mit den griechischen Peltasten, standen diesen jedoch in Bezug auf Organisation und Bewaffnung entschieden nach. Der Kampf in geschlossener Linie, auf den die Peltasten förmlich eingeübt waren, entwickelte sich bei den Veliten mehr zufällig. Ihre Organisation war darauf nicht berechnet. Dazu hätte es einer vollständigen Absonderung von der Legion, einer engen Verschmelzung ihrer getrennten Abtheilungen zu einem einheitlichen Corps, sowie sorgfältigen Einexercirens und sachkundiger Oberleitung bedurft. So weitgreifende reformatorische Ideen lagen aber den Römern der damaligen Zeit fern. Auch war das Peltastensystem, wie Niebuhr[3] sagt, nur bei Söldnern, nicht bei Milizen anwendbar.

Einen sehr wichtigen Dienst leisteten die Speerschützen ferner im Kampfe gegen Elephanten. Zum ersten Male lernten die Römer diese wandernden Alles vor sich niederwälzenden Mauern im Kriege mit Pyrrhus kennen. Zwei Siege, bei Heraclea (280 v. Chr.) und Asculum (279 v. Chr.) verdankte dieser König hauptsächlich jenen Ungeheuern, deren ungewohnter schreckhafter Anblick demoralisirend auf die Römischen Krieger wirkte, während ihr Schnauben und Geruch die Pferde scheu machte. Lange befanden sich die Römer in gänzlicher Rathlosigkeit; der wilde Ansturm dieser Thiere spottete aller Taktik. In der Schlacht bei Benevent (275 v. Chr.) gelang es einigen gedeckt auf dem Lagerwall aufgestellten Schützen durch wohlgezielte Schüsse die vorgebrochenen Thiere zur Umkehr zu zwingen, die nun den eigenen Leuten furchtbar wurden.[4] Diese Erfahrung mochte den Gedanken eingeben, für die Folge sich des beweglichen Elements der Speerschützen regelmäßig gegen die Elephanten zu bedienen und diese Truppe für diesen Kampf methodisch einzuüben. Die schwere Gefahr, welche jene Thiere verursachten, lag nämlich darin, daß sie gereizt durch ihre Führer in gerader Richtung vorwärts stürmten und so die Manipel zersprengten. Gelang es nun ihren Ansturm so abzulenken, daß sie durch die Manipelintervalle hindurchbrechend den Rücken der Legion erreichten, so war die Hauptgefahr vorüber, da man hier leichter mit ihnen fertig werden konnte, und sie wenigstens die Front der Legion nicht mehr erschüttern konnten. Gelang es aber vollends, die Thiere, ehe sie wesentlichen Schaden angerichtet hatten, durch Verwundungen zur Umkehr zu nöthigen, so brachten sie gewöhnlich das Verderben,

---

[1] Liv. 28, 33.

[2] Liv. 31, 35.: haud secus quam si tota acie dimicarent velites emissis hastis comminus gladiis rem gerebant.

[3] Niebuhr, R. G. III, 111.

[4] Plutarch, Pyrrhus c. 25.

daß sie in die feindlichen Reihen zu streuen bestimmt waren, in die eigenen Schaaren zurück. Auf diese Beobachtungen gestützt machten die Römer von ihren Speerschützen folgenden Gebrauch: Wurden ihnen, was meist geschah, die Elephanten als erstes Treffen gegenübergestellt, so ließen sie zunächst gegen dieselben das ganze Wurfschützencorps ausschwärmen, um durch einen Hagel von Geschossen die Thiere womöglich abzuschlagen.[1] Gelang dies nicht, so flohen die Schützen in die Manipelintervalle, um die gereizten Thiere zu nöthigen, ihnen zu folgen, traten jedoch nicht in ihre Grundstellung zurück, sondern stellten sich hinter ihren Manipeln halbzugweise mit der Front gegen die Manipelintervalle gerichtet so auf, daß sie die Eingänge zu den Treffenintervallen vollständig sperrten. Nur in dieser Aufstellung vermochten sie dem gefährlichen Eindringen der Elephanten in diese letzteren zu wehren und die durch die Manipelintervalle hindurchlaufenden Thiere mit ihren vorgestreckten Spießen von der Seite her aufzufangen oder durch Speerwürfe zu verwunden. Die Schützenzüge der Triarier dagegen, welche zur Ausfüllung der Treffenabstände nicht verwendet wurden, liefen hinter die Legionsfront und hatten hier die Aufgabe, die verwundeten und erschöpften Thiere zu tödten oder gefangen zu nehmen.[2] Um den Elephanten freie Bahn zu schaffen, wurde hierbei die sonst übliche schachbrettförmige Aufstellung, in welcher die Manipel des zweiten Treffens auf die Intervalle des ersten Treffens gerichtet standen, aufgegeben und die Manipel gleicher Nummer aller drei Treffen in gerader Linie hinter einander aufgestellt.[3] Daß beim Anrennen der Elephanten zugleich ein Zusammendrängen der Rotten inden einzelnen Manipeln nach der Mitte und dadurch eine bedeutende Verbreiterung der Durchlässe Statt finden mußte, liegt auf der Hand. Ebenso selbstverständlich ist es, daß die Flügelrotten der Schwerbewaffneten sich an diesem Kampfe dadurch betheiligen konnten und mußten, daß sie wie die Veliten nach den Manipelintervallen hin Front nehmend die an ihnen vorbeieilenden Thiere durch Würfe oder Stöße mit ihren Pilen zu verwunden suchten.

Zum ersten Male scheinen die Römer in der Schlacht bei Tunis (255 v. Chr.) sich dieses Verfahrens bedient zu haben.[4] Hier freilich mißglückte es. Die Elephanten, 100 an der Zahl, traten ganze Haufen der Römer nieder. Die Schützen mögen hier ihre Aufgabe noch nicht gehörig begriffen und mit der nöthigen Kaltblütigkeit durchgeführt haben. Uebrigens spottete diese eigenthümliche Kampfweise vielleicht oft aller Berechnung. Der Zufall konnte die Hauptmasse der Elephanten manchmal gerade gegen die dichtgeschaarten Manipel anstatt in die Gassen treiben.

---

[1] Veget. III, 24 läßt irrthümlich die Veliten zu Pferde gegen die Elephanten losbrechen.

[2] Dieses Manöver wird freilich von den Schriftstellern nur angedeutet. Polyb. 15, 9: τὰ δὲ διαστήματα τῶν πρώτων σημαιῶν ἀνέπλήρωσε ταῖς τῶν γροσφομάχων σπείραις, παραγγείλας τούτοις προκινδυνεύειν· ἐὰν δὲ ἐκβιάζωνται κατὰ τήν τῶν θηρίων ἔφοδον, ἀποχωρεῖν, τοὺς μὲν καταταχοῦντας διὰ τῶν ἐπ᾽ εὐθείας διαστημάτων εἰς τοὐπίσω τῆς ὅλης δυνάμεως, τοὺς δὲ περικαταλαμβανομένους εἰς τὰ πλάγια παρίσταθαι διαστήματα κατὰ τὰς σημείας. Liv. 30, 33: dato praecepto, ut ad impetum elephantorum aut post directos refugerent ordines, aut in dextram laevamque discursu applicantes se signis viam, qua irruerent in ancipitia tela, beluis darent. Frontin. Strat. II, 3, 16: dato iis praecepto, ut ad impetum elephantorum vel retro vel in latera concederent. Daß aber nicht von einem zwecklosen Zurückgehen in die Grundstellung die Rede sein kann, wie es Marquardt a. a. O. p. 263 irrthümlich auffaßt, ergiebt sich klar aus dem Sachverhältniß selbst und wird unter Anderem auch durch die Worte des Livius „Velites — in ancipites ad ictum utrimque coniciebant hastas" außer Zweifel gestellt.

[3] Polyb. 15, 9. Liv. 30, 33. Frontin. Strat. II, 3, 16.

[4] Polyb. I, 33. 34.

Die durch das Elephantenheer bei Tunis erzielten großen Erfolge bestimmten die Carthager daſſelbe noch zu verſtärken und auf den Kampf noch beſſer einzuüben,[1] während ſich der Römer eine ſolche Angſt vor dieſen Unthieren bemächtigt hatte, daß ſie zwei Jahre lang jedem Landtreffen auswichen. Es bedurfte erſt eines ſolchen glänzenden Sieges, wie ihn Caecilius bei Panormus in Sicilien (253 v. Chr.) über das Elephantenheer des Hasdrubal davontrug, um die Römer ihr früheres Selbſtvertrauen wiederfinden zu laſſen. Dort begingen die Carthager die Unklugheit, die Elephanten über einen Fluß bis dicht an die Befeſtigungswerke der Stadt vortraben zu laſſen. Hier wurden ſie von den in einer den Elephanten gänzlich unzugänglichen Stellung befindlichen Leichtbewaffneten mit einer ſolchen Maſſe von Geſchoſſen überſchüttet, daß ſie zur Umkehr gedrängt gegen ihre eigenen Leute zu müthen begannen, Verwirrung überall hin verbreitend. Die nicht getödteten Thiere, über 100, fielen faſt alle als eine willkommene Beute den Siegern in die Hände.[2] Der Uebermuth der Feinde, welcher dieſelben vergeſſen ließ, daß Elephanten nur in ganz freiem Terrain mit Vortheil zu gebrauchen ſind, hatte hier den Römern einen herrlichen Sieg in die Hände geſpielt.

Im zweiten Puniſchen Kriege war der Anblick der Elephanten den Römern nicht mehr neu und ſchrecklich. Sie lernten auch in offener Schlacht ſie bemeiſtern. Bei Zama gelang das oben beſchriebene Manöver vollſtändig.[3] Scipio ſtellte gegen das Elephantenheer Hannibals alle Veliten zunächſt in der oben S. 17 beſchriebenen Weiſe in den Intervallen der Haſtaten auf, bamit ſie von hier aus beim Anrücken der Thiere gegen dieſelben vorbrächen. Ein Theil der letzteren kehrte übrigens ſchon durch den gewaltigen Lärm der Schlachtſignale beſtürzt gemacht wieder um. Gegen die anderen hielten ſich die Veliten wacker. Viele von ihnen wurden niedergetreten, die übrigen flohen, als die müthenden Thiere ſich nicht länger aufhalten ließen, in die Intervalle, worauf der weitere Kampf genau in der oben dargelegten Weiſe und mit glücklichſtem Erfolge verlief.

Großen Nutzen zogen endlich noch die Römer aus ihren Speerſchützen durch enge Verſchmelzung derſelben mit ihrer Reiterei.[4]

Die Römiſche Reiterei ſpielte längere Zeit im Gefecht eine ziemlich untergeordnete Rolle. Das lag theils an ihrer mangelhaften Organiſation und Bewaffnung, theils an der Taktik der Römer, welche ein harmoniſches Zuſammenwirken zwiſchen Reiterei und Fußvolk zu wenig in's Auge faßte.[5] Günſtiger geſtalteten ſich die Verhältniſſe der Römiſchen Reiterei ſeit den Puniſchen Kriegen, in welchen die Ueberlegenheit der Carthager in dieſer Waffe den Römern ſehr empfindlich werden mußte, die denn auch in der Folge ernſtliche Anſtrengungen machten, ihre eigene Cavallerie numeriſch zu verſtärken und namentlich auch durch beſſere Bewaffnung nach Griechiſchem Muſter gefechtstüchtiger zu machen. Im zweiten puniſchen Kriege fanden ſie nun auch durch Combination ihres leichten Fußvolks mit der Reiterei ein Mittel, die letztere zu dem ihr widerſtrebenden ſtata-

---

[1] Polyb. I, 38.

[2] Polyb. 1, 40.

[3] Polyb. 15, 9 ff. Liv. 30, 33. Appian. b. Afric. 43, 44. Letzterer ſchreibt die Beſiegung der Elephanten abweichend von Polybius und Livius ausſchließlich den Numidiſchen Reitern zu.

[4] Der Gebrauch, leichtes Fußvolk in die Reitergeſchwader einzuſtellen, findet ſich auch bei vielen anderen Völkern des Alterthums, z. B. bei den Galliern (Caesar b. g. 7, 80), bei den Germanen (Caesar b. g. 1, 48), bei den Numidiern (Hirt. b. Afric., 69), ſowie auch bei Griechiſchen Stämmen. (Thuc. 5, 57. Xenoph. Hell. 7, 5, 23.)

[5] Rüſtow, Heerw. Cäſars p. 70.

rischen Kampf geeigneter zu machen. Dies geschah während der hartnäckigen Belagerung von Capua (211 v. Chr.). Hier hatten die Römer sich mit drei Heeren verschanzt und gedachten die Stadt auszuhungern. Diese versuchte durch häufige kräftige Ausfälle das Belagerungsheer zum Abzuge zu nöthigen, wobei ihre durch einen Zuzug von Carthagern verstärkte Reiterei sich der Römischen weit überlegen erwies. Auf Anrathen eines Centurionen, Namens Q. Navius, wurden deßhalb aus den Speerschützen sämmtlicher Legionen die kräftigsten, behendesten und kleinsten Leute zur Unterstützung des Reitergefechts ausgelesen.[1] Jedem Reiter wurde ein Schütz beigesellt. Beide sollten, so zu sagen, mit einander verwachsen. Beim Vorgehen und Zurückgehen saßen die Schützen hinter ihren Reitern auf. Auf Treffweite der feindlichen Cavallerie nahe gekommen, sprangen die ersteren vom Pferde und schleuderten aus den geöffneten Rotten, in welche sie traten, ihre Wurfspeere in rascher Hintereinanderfolge gegen Roß und Mann mit solcher Wirkung, daß die Reiterei der Capuaner regelmäßig in Verwirrung gebracht und in die Flucht gejagt wurde, auf welcher sie alsdann von den Römischen Reitern bis zu den Thoren der Stadt verfolgt wurde. Der Erfolg dieser Kampfesweise, der freilich durch ihre Neuheit noch gesteigert wurde, war ein außerordentlicher. Die Römer gewannen durch sie über eine weit zahlreichere und ursprünglich tüchtigere Reiterei das entschiedene Uebergewicht. Sie fanden daher diese Einrichtung so praktisch, daß sie für die Folge in dem Legionsschützencorps stets eine auf jene Kampfart methodisch eingeübte Mannschaft in Bereitschaft hielten.[2] Auch noch in späterer Zeit, wo es keine Veliten mehr gab, wurde diese Kampfart mit großen Erfolgen angewendet.[3]

Die Reiterei verlor zwar durch diese Versetzung mit einem fremdartigen, wenngleich sehr beweglichen Element an der überraschenden Wucht ihrer Stoßkraft, gewann aber dafür die Fähigkeit, die Wirkung derselben im stehenden Gefecht auszubeuten, indem die secundirenden Schützen sich in die Rotten der bereits durch ihre Fernwaffen erschütterten feindlichen Reiter einbrängten, dieselben von allen Seiten angriffen und besonders die Pferde niederzustechen suchten, wodurch mit Nothwendigkeit Unordnung in den Reihen der Angegriffenen einreißen mußte, da diese von oben durch die eingesprengten Reiter und von unten durch die Schützen bedrängt sich und ihr Pferd genügend zu schützen außer Stande waren.

Die Römer besaßen in ihren Veliten zwar ein sehr tüchtiges Wurfschützencorps, aber sie besaßen lange Zeit hindurch keine Bogenschützen und Schleuderer. Dieser Mangel mußte fühlbar werden, als sie immer häufiger mit außeritalischen Völkern, die ihnen mit einer Ueberzahl leichten Fußvolks von jeder Gattung entgegentraten, zusammentrafen. Schon Pyrrhus, der die zweckmäßige Aufstellung ihres schweren Fußvolks bewunderte, flößte ihnen Achtung ein vor seinen

Fremdländisches leichtes Fußvolk im Römischen Heere.

---

[1] Liv. 26, 4. Frontin IV, 7, 29. Valer. Max II, 3, 3. Veget. 1, 15.

[2] Nur diesen Sinn können die Worte des Livius „institutum, ut velites in legionibus essent" haben. Daß dieser Schriftsteller, der sicher seine Quellen nicht richtig auffaßte, ben in Rede stehenden Vorfall einigermaßen verworren dargestellt hat, ist schon oben S. 15 erwähnt und nachzuweisen versucht worden, daß die neuen Speerschützen nicht erst damals organisirt sein können. Es ist jedoch höchst wahrscheinlich, daß der Name Velites erst seit dieser Zeit in Gebrauch kam, indem diese neuerfundene und zunächst auf die Reiterbegleiter beschränkte Bezeichnung später auf das ganze Speerschützencorps, aus dem jene genommen wurden, überging. Für die Reiterbegleiter selbst war übrigens der Name Velites, wenn dessen Erklärung bei Festus: „Velites dicuntur expediti milites quasi volites i. e. volantes" richtig ist, ganz charakteristisch. Mommsen (R. G. I p. 74) leitet jedoch den Namen von velati ab, d. h. „ohne Rüstung Kämpfende", also „Leichtbewaffnete."

[3] Veget. 3, 16.

tüchtigen kretischen Bogenschützen, denen sie nichts ähnliches entgegenzusetzen hatten.[1] In den Kriegen gegen die Carthager, die ihre Ueberlegenheit an leichtem Fußvolk den Römern gegenüber geltend zu machen verstanden, mußte die Verstärkung des leichten Fußvolks besonders durch Heranziehung brauchbarer Bogenschützen und Schleuderer für diese bringendes Bedürfniß werden. Aus bürgerlichen Elementen sich dergleichen zu verschaffen, verboten die Verhältnisse, und ebenso wenig stellten die Contingente ihrer Italischen Bundesgenossen solche Waffengattungen zur Verfügung. Dagegen gewährten die Fortschritte ihrer Waffen auf außeritalischem Boden das Mittel, aus der dortigen Bevölkerung das Fehlende zu ergänzen. Von da ab finden wir denn in den Römischen Heeren Provinzialen, welche außer Reiterei fast ausschließlich leichtes Fußvolk stellten, in immer zunehmender Zahl vertreten. Sie führten den Namen auxilia (Hilfsvölker). Oft wurde die Zahl des so gewonnenen leichten Fußvolks noch durch Waffenbündnisse[2] und Anwerbung beträchtlich vermehrt. Auf letzterem Wege verschaffte man sich namentlich tüchtige Bogenschützen und Schleuderer. Im Anfange des zweiten Punischen Krieges war jedoch die Zahl fremdländischer Leichtbewaffneter noch gering und erschienen dieselben anfangs so wenig zuverlässig, daß sie im Gefecht selbst kaum Verwendung fanden und mehr zur Verstärkung der Masse dienten. König Hiero von Syracus, der treue Bundesgenosse der Römer, sandte diesen i. J. 216, also bald nach der unglücklichen Schlacht am Trasimenischen See 1000 Schleuderer und Bogenschützen, indem er, um die Sendung annehmbar zu machen, darauf hinwies, daß er selbst schon früher in ihren Heeren leichtbewaffnete Hilfsvölker gesehen habe und daß die von ihm gesandten Truppen gut verwendet werden könnten gegen die im Carthagischen Heere befindlichen Balearen, Mauren und andere mit Fernwaffen ausgerüsteten Streiter. Das werthvolle Geschenk wurde dankbar angenommen.[3] In den späteren Kriegen, besonders den Macedonischen, nahmen die Römer immer größere Massen fremdländischer leichter Infanterie mit in's Feld und wußten besonders in gebirgigem Terrain beträchtlichen Nutzen aus ihnen zu ziehen, so daß unter besonders begünstigenden Umständen der Kampf dieser Truppen sich stark in den Vordergrund drängte und bisweilen sogar die Entscheidung herbeiführte.

Der gemeinsame Name für die Leichtbewaffneten aller Gattungen ist levis armatura oder levia arma. Doch wird dieser Name auch der fremdländischen leichten Infanterie bisweilen allein beigelegt und von ihr das bürgerliche Velitencorps getrennt.[4] Uebrigens machten die Römer keine ernstlichen Versuche, die fremden Leichtbewaffneten römisch zu discipliniren und zu organisiren. Sie nahmen dieselben, wie sie sie bekamen, und ließen ihnen ihre heimische Bewaffnung, Organisation und Führung. Auch wurde niemals ein normales Stärkeverhältniß zwischen ihnen und den Legionen herbeigeführt. Sie blieben daher ein loses Glied im Heeresorganismus[5]), und obgleich man ihre Dienste nicht entbehren konnte und besonders von den geworbenen Bogen-

---

[1] Niebuhr, R. G. III, 552.

[2] Liv. 21, 60.

[3] Liv. 22, 37.

[4] Liv. 42, 65: Ipse velitibus ad firmanda levium armorum auxilia adiectis ad tumulum procedit. Bei Frontin. II, 3, 17 werden die ausländischen Speerschützen, die hier uneigentlich Velites genannt werden, der levis armatura gegenübergestellt In der Zeit, wo es keine Veliten mehr gab, wird öfters neben den Bogenschützen und Schleuderern levis armatura genannt, worunter man dann fremdländische Speerschützen zu verstehen hat. Caesar, b. c. 3, 45.

[5] Veget. 2, 2: Legionibus semper auxilia tamquam levis armatura in acie iungebantur, ut in his proeliandi magis adminiculum esset quam principale subsidium.

schützen und Schleuderern oft hervorragende Leistungen zu registriren waren, traf sie doch die Verachtung, mit welcher nun einmal die Römer auf das leichte Fußvolk jeder Gattung herabzublicken pflegten. Viel geschätzter als diese Barbaren waren immer noch die Veliten, nicht allein weil sie Römischen Blutes waren, sondern auch weil sie Römische Disciplin eingesogen hatten und die so hoch angeschlagene Befähigung zum Nahkampfe besaßen, die sie übrigens auch geeignet machte, den bedrängten Schleuderern und Bogenschützen Hilfe zu bringen. [1]

Die Veliten blieben zwar nach wie vor den Legionen einverleibt, sie wurden aber von jetzt ab häufiger als besonderes Corps verwendet, indem man sie in Vereinigung mit den übrigen leichten Fußtruppen die erste Schlachtlinie bilden ließ, zu welchem Zwecke sie natürlich besondere Befehlshaber erhalten mußten. In diesem Verhältnisse war das taktische Band, welches sie an die Legionen knüpfte, gelockert. Der Kampf des gesammten leichten Fußvolks war zunächst nur auf ein harmonisches Ineinandergreifen der verschiedenen Arten desselben berechnet und nahm so den Character eines für sich bestehenden, freilich in den meisten Fällen nur untergeordneten Schlachtenmomentes an [2], wobei die Zusammenstellung der Römischen Speerschützen mit den fremdländischen Bogenschützen und Schleuderern insofern eine zweckmäßige Combination ergab, als der fahrigen und unstäten Kampfesweise der letzteren durch das Eingreifen der besser disciplinirten, für ein geregelteres und geschlosseneres Vorgehen befähigten Speerschützen ein retardirendes Element hinzugefügt wurde, welches die Wurfwirkung durch stehendes Nahgefecht auszubeuten erlaubte. Die Menge der auf diese Weise sich vor den Legionsfronten entwickelnden Truppen und die größere Selbstständigkeit, mit welcher sie auftraten, verbot selbstverständlich ein gleichzeitiges Ausschwärmen sämmtlicher Abtheilungen. Indem man größere Massen in Reserve zurückhielt, hatte man es in der Hand, an die Stelle der Ermüdeten oder derer, die sich verschossen hatten, immer frische Truppen treten zu lassen und, je nachdem es die Umstände geboten, die Schwärmlinien zu verdichten oder zu verdünnen. Wollte man gegen einen noch fernen Feind mit dem gesammten leichten Fußvolk in erster Linie zum Angriff vorgehen, so ließ man dieses in angemessener Entfernung von den Schwerbewaffneten [3] so vormarschiren, daß die einzelnen Corps sich neben einander in breiteren Marschcolonnen entwickelten, aus denen im geeigneten Moment durch Aufmärsche, Eindoppelungen und Auseinanderziehen die Gefechtsstellung leicht zu gewinnen war. Führte die Hitze und Hartnäckigkeit des Kampfes die Streiter zum Nahgefecht an einander, was natürlich nur dann geschehen konnte, wenn der Feind gleichfalls für den Nahkampf geeignete Leichtbewaffnete oder allenfalls auch wenig standhaftes oder stark erschüttertes Linienfußvolk gegenübergestellt hatte, so zogen sich die Bogenschützen und Schleuderer nach den Flanken ab, um von hier aus mit ihren Fernwaffen noch weiter in das Gefecht einzugreifen, während die Veliten sich in der Mitte zur Aufnahme des Nahkampfes ausbreiteten.

Das vereinigte leichte Fußvolk als erste Schlachtlinie.

---

[1] Liv. 42, 65.

[2] Auch Friedrich d. Gr. pflegte seine schlechtesten Truppen in die erste Schlachtlinie zu stellen. Er sagt in seinen Aphorismen über die Befestigungs-, Lager- und Gefechtskunst (Oeuvres de Frédéric l. Gr. t. XXX): „Der erste Angriff muß stets als verloren angesehen werden, daher man hinter der Brigade, die zuerst angreift, andere Truppen bereit hält, um mit diesen das Gefecht von Neuem zu beginnen. — Die vordersten, welche den ersten Angriff übernehmen sollen, dürfen eben nicht die besten Truppen sein. Man kann hierzu die Freibataillone oder andere schlechte Bataillone nehmen, auf die man allenfalls selber feuern kann, wenn sie zurückgehen oder nicht beherzt angreifen wollen.“

[3] Liv. 38, 21: ante signa modico intervallo velites eunt et ab Attalo Cretenses sagittarii et funditores et Tralli et Thraeces.

Die Hauptmomente eines derartigen Gefechts erkennen wir in der Schlacht am Berge Olympus in Kleinasien (189 v. Chr.) in welcher der Consul Cn. Manlius Volso die dort wohnenden Kelten besiegte.[1] Hier galt es, einen Feind zu werfen, der sich in sehr vortheilhafter Stellung auf einem von mehreren Seiten unzugänglichen Berge verschanzt hatte. Es stand zu erwarten, daß der Feind nur durch ein länger unterhaltenes energisches Wurfgefecht erschüttert werden würde. Zu diesem Zwecke ließ der Consul eine ungeheure Masse von Geschossen aller Art in Bereitschaft halten, um den voraussichtlich großen Verbrauch derselben auf der Stelle ergänzen zu können. Seine Streitkräfte theilte er und ließ den Versuch machen, den Berg von mehreren Seiten zugleich zu erklimmen. Die Hauptmacht führte er selbst an der Stelle, wo die Oertlichkeit dem Anmarsch die geringsten Schwierigkeiten in den Weg zu legen schien, den Berg empor, um zunächst eine größere Abtheilung der Kelten, welche einen den Zugang zum Lager beherrschenden Hügel besetzt hatte, zu vertreiben. Die erste Linie bildete das leichte Fußvolk, hauptsächlich bestehend aus Veliten, Schleuderern und kretensischen Bogenschützen. Ihnen folgte in mäßiger Entfernung die sich nur langsam emporarbeitende Masse des schweren Fußvolks. Als man der Stellung der Feinde auf Treffweite sich genähert hatte, begann zunächst ein längeres Ferngefecht, bei welchem die Römer den Vortheil der größeren Menge und Manigfaltigkeit an Geschossen, die Kelten den der erhabeneren Stellung für sich hatten. Bald aber kamen die letzteren arg in's Gedränge, da sie auf den Fernkampf überhaupt nicht eingeübt waren und ihr geringer Vorrath an Geschossen sich bald erschöpfte, während ihren durch Schutzwaffen nur ungenügend gedeckten und unbekleideten Leibern durch die unablässig dahersausenden Geschosse der Römer furchtbare Wunden beigebracht wurden. In Verzweiflung stürzten sich die Kelten zuletzt den Römern entgegen und wurden hier, indem Bogenschützen und Schleuderer ihnen vorsichtig auswichen, vom Velitencorps allein aufgenommen und in Menge niedergestoßen. Die wenigen, welche unversehrt geblieben waren, flüchteten, als sie auch noch die geschlossenen Colonnen der Legionen heranrücken sahen, in vollständiger Auflösung nach dem bereits von Bestürzung und Furcht erfüllten Lager. Nun besetzten die siegreichen Leichtbewaffneten den von den Feinden verlassenen Hügel. Als der Consul mit den Legionen herangekommen war, ließ er der wackeren Leistung des leichten Fußvolks gebührendes Lob widerfahren, sprach aber die Erwartung aus, daß die Legionen als der Kern des Heeres (iusta arma) die Thaten der Leichtbewaffneten in Schatten stellen würden. Die Letzteren hatten inzwischen, da der Kampf ruhte, durch Aufsammlung der zerstreut umherliegenden Geschosse sich weiter nützlich gemacht. Nun mußte der schwierigste Theil der Aufgabe in Angriff genommen werden, der Sturm auf das Lager. Ihn sollte das schwere Fußvolk in geschlossener Ordnung ausführen. Aber auch jetzt verrichteten die Leichtbewaffneten die Hauptarbeit. Wiederum die erste Linie bildend, bewarfen sie die in dichten Schaaren vor dem Lager aufgestellten Feinde mit einer solchen Menge wohlgezielter Geschosse, daß jene augenblicklich Kehrt machten und in das Lager selbst eilten. Aber auch ihre Wälle schützten sie nicht vor der verheerenden Wirkung der über dieselben hinweggeschleuderten Geschosse. Nachdem endlich die zum Schutze der Thore zurückgelassenen Abtheilungen durch das schwere Fußvolk zum Weichen gebracht waren, wurde das Lager selbst ohne weiteren Widerstand seitens der Feinde genommen.

Ein kurze Zeit darauf gegen einen anderen Stamm derselben Nation unternommener Kampf ist fast ein genaues Abbild des eben beschriebenen.[2] Nur ließ der Consul hier die Veliten

<hr>

[1] Liv. 38, 21.
[2] Liv. 38, 26.

unb bie übrigen Leichtbewaffneten, nachbem biefe bie Feinbe burch bas Ferngefecht bereits er-
fchüttert hatten, in bie Legionsintervalle fich zurückzuziehen, um burch einen gefchloffenen Vorftoß
ben letzten Reft ber Wiberftanbskraft bes Gegners zu brechen.

Den Hauptantheil an bem Erfolge biefer Kämpfe hatte entfchieben bas leichte Fußvolk
vermöge feiner Manövrirfähigkeit in einem ben Schwerbewaffneten faft unzugänglichen Terrain
unb feiner Tüchtigkeit im Gebrauche ber Fernwaffen, ber freilich ben genannten Völkern beinahe
unbekannt war. Dabei hatte fich bie taktifche Verbinbung ber Veliten mit ben Schleuberern unb
Bogenfchützen vorzüglich bewährt.

Wurbe nicht bie gefammte leichte Infanterie zur Bilbung ber erften Schlachtlinie vor- Verfchiebene Auf-
ftellungen bes
fremblänbifchen
leichten Fußvolks
gezogen, fo erhielten bie Auriliartruppen ihre Aufftellung neben ober hinter ber Reiterei auf ben
Flügeln, währenb bie Veliten in ben Legionen ftehen blieben.

Befonbere Umftänbe gaben, wie in bem oben erwähnten Falle, auch Veranlaffung felbft
bie Auriliartruppen in bie Intervalle ber Legionen aufzunehmen, bas heißt wohl in ber Regel
in bie Treffenintervalle, währenb bie Veliten in bie Manipelintervalle traten.[1] Ungleich häufiger
war bie Einftellung ber Schleuberer unb Bogenfchützen in bie Legionsintervalle zur Zeit ber
Cohortenftellung, wo es keine Veliten mehr gab.

Werfen wir am Enbe biefes Abfchnittes noch einen Blick auf bie Entwickelungsgefchichte Rückblick.
bes leichten Fußvolks zur Zeit ber Manipularlegion, fo finben wir, baß bem burch bie ge-
fteigerte Wichtigkeit bes Fernkampfes hervorgerufenen Bebürfniß nach einem zahlreichen unb
gefechtstüchtigen leichten Fußvolk einerfeits burch bie im Anfange biefer Periobe erfolgte Reor-
ganifation ber bürgerlichen Speerfchützen, anbererfeits burch bie in immer größerm Umfange
erfolgte Aufnahme fremblänbifchen leichten Fußvolks in bas Römifche Heer genügenb abgeholfen
war, fo baß am Enbe biefer Periobe bie Römer gegen keinen ihrer Feinbe in biefer Waffe
zurückftanben. Trotzdem hatte bas leichte Fußvolk zu einer ebenbürtigen Stellung mit ben Schwerbewaffneten fich nicht emporzuarbeiten gewußt. Selbft bie Veliten blieben auf einer tieferen Rang-
ftufe als bie Schwerbewaffneten ftehen, fo baß fogar Strafverfetzung aus biefen in jene ausge-
fprochen werben konnte.[2] Trotz bes größeren Hervortretens bes Fernkampfes war zwar bas har-
monifche Zufammenwirken zwifchen leichtem unb fchwerem Fußvolk wenig geförbert worben, ben-
noch befaßen bie Römer in biefer Periobe in ihren Legionsfpeerfchützen ein Corps, welches fich
als ein Binbeglieb zwifchen bem leichten unb fchweren Fußvolk einfchob unb, gehörig für biefen
Zweck benutzt, im Stanbe war, eine engere Vermittelung zwifchen bürgerlicher unb fremblänbifcher
Infanterie, zwifchen Fernkampf unb Nahkampf herbeizuführen. Aber bie Tage biefer werthvollen
Truppe waren gezählt, unb burch ihre in ber folgenben Periobe gefchehene Auflöfung ift auch
ein Rückfchritt in ber Taktik ber verbunbenen Waffen gekennzeichnet.

(Der zweite Theil biefer Abhanblung wirb in einem fpäteren Programm veröffentlicht werben.)

---

[1] Salluft. b. Iug. 49, 6.
[2] Schneiber, de censione hastaria p. 42.

Schul-Nachrichten

von

Ostern 1872 bis Ostern 1873.

I. Die Lehrverfassung im Schuljahre 18⁷²/₇₃.

Prima. (Ordinarius: Der Director.)

Religion (evang.). 2 Stb. Glaubenslehre in weiterer Ausführung des VI. Abschnitts aus Hollenberg's Hülfsbuch. — Bibelkunde im Zusammenhange. Der Ordinarius. — (kath.) 2 Stb. Moral, besonderer Theil, nach Martin. Kreisvikar Lux.

Deutsch. 3 Stb. Geschichte der ältesten und der alten Zeit der Literatur bis Opitz; Dichter der neuesten Zeit von den Romantikern an. Besonders gelesen wurden: Das Nibelungenlied (mit Auswahl) und Lieder Walther's von der Vogelweide (beides im Urterte), Göthe's Jphigenie in Tauris, Abschnitte aus Lessing's Laokoon. Die Elemente der Grammatik der mittelhochdeutschen Sprache. Uebersicht über die Geschichte der alten Philosophie. Die wichtigsten Lehren der Logik. (Dispositionslehre.) Vorträge, vierwöchentliche Aufsätze. Prorector Fährmann.

Lateinisch. 8 Stb. Cicero de nat. deor. I. II. — Tacitus Agricola. 3 Stb. Oberlehrer Dr. Schmidt I. — Hor. carm. II und III. 1—6; epist. II und de art. poet. Memorirt wurden carm. II., 3, 10, 14, 16, 18; III. 1—3. 2 Stb. Der Ordinarius. — Stilistische Uebungen nach Seyffert's Materialien. Schriftliche Uebungen in Extemporalien. Besprechung der häuslich angefertigten Aufsätze. 3 Stb. Der Ordinarius.

Griechisch. 6 Stb. Thuc. I. von c. 23 an. — Isocr. Panegyricus. — Hom. Il. I—IV. — Soph. Philoct. — Einübung der syntaktischen Regeln mit Benutzung des 2. Kursus von Halm. Alle 14 Tage ein Exercitium; Extemporalien nach Bedürfniß. Oberlehrer Luchterhand.

Französisch. 2 Stb. Lectüre: Les contes de la reine de Navarre par Scribe et Legouvé. Les femmes savantes par Molière. Wiederholung des grammatischen Cursus. Relationen; Exercitien und Extemporalien. Prorector Fährmann.

Hebräisch. 2 Stb. Lectüre ausgewählter Abschnitte aus den historischen Büchern und Psalmen; Vervollständigung der Formlehre und die wichtigsten syntaktischen Regeln nach Rödiger's Grammatik; schriftliche Uebungen. Oberlehrer Luchterhand.

Geschichte. 3 Stb. Von Augustus bis Luther. Repetitionen aus der alten und neueren Geschichte. Dr. Rhode.

Mathematik. 4 Stb. Die Lehre von den Gleichungen, die arithmetische und die geometrische Progression, Zinseszins- und Rentenrechnung, arithmetische Reihen höherer Ordnung. Stereometrie, zweiwöchentlich ein Exercitium oder ein Extemporale. Oberlehrer Gauß.

Physik. 2 Stb. Mechanik. Oberlehrer Gauß.

Secunda. (Ordinarius: Oberlehrer Luchterhand.)

Religion (evang.) 2 Stb. Das Leben Jesu und die Gründung und Ausbreitung der christlichen Kirche. Lectüre der Apostelgeschichte. Kirchenlieder. Der Ordinarius. — (kath.) cfr. Prima.

Deutsch. 2 Stb. Das Wichtigste aus der Poetik nebst Proben. Lectüre und Besprechung von Schillers „Wilhelm Tell." Uebungen im freien Vortrage. Vierwöchentliche Aufsätze. Oberlehrer Dr. Schmidt I.

Lateinisch. 10 Stb. Liv. 3. — Cic. de imper. Cn. Pomp., pro Q. Ligario, pro rege Deiotaro. 4 Stunden. Der Ordinarius. Verg. Aen. V und VI, georg. IV. Ein größerer Abschnitt wurde memorirt, 2 Stb. Oberlehrer Dr. Schmidt. — Stilistische Uebungen nach Süpfle und Seyffert. Repetition und Erweiterung der Syntax nach Seyffert. Wöchentlich ein Exercitium oder Extemporale; Aufsätze in Ober-Secunda. 4 Stb. Der Ordinarius.

Griechisch. 6 Stb. Hom. Od. 13 bis 17. Herodot VII. mit Auswahl. Xen. Hell. V und VI. Syntax des Nomens, Repetition der Formenlehre. Mündliche Uebersetzungen aus Halm II, 1. Vierzehntägige Extemporalien. Memorirt wurde Hom. Od. 16, 154—320. Dr. Rhode.

Französisch. 2 Stb. Plötz Cursus II, Abschnitt 7 und 8. Lectüre: M. Musard p. Picard, Partie et revanche p. Scribe, Considérations p. Montesquieu, Chansons de Béranger. Relationen, Exercitien und Extemporalien. Prorector Fährmann.

Hebräisch. 2 Stb. Leseübungen, Formlehre nach Röbiger. Analysirende Erklärung einiger Abschnitte aus dem Lesebuche von Gesenius. Der Ordinarius.

Geschichte. 3 Stb. Griechische Geschichte. Dr. Rhode.

Mathematik. 4 Stb. Die Lehre von den Potenzen und Wurzeln, von den irrationalen und imaginären Größen, Gleichungen mit mehreren Unbekannten, quadratische Gleichungen. Proportionalität von Strecken, Aehnlichkeit und Ausmessung geradliniger Figuren. Rectification und Quadratur des Kreises. Zweiwöchentlich ein Exercitium oder ein Extemporale. Oberlehrer Gauß.

Physik. 1 Stb. Grundprincipien der Chemie, Wärmelehre. Oberlehrer Gauß.

Real-Secunda. (Ordinarius: Prorector Fährmann.)

Religion. 2 Stb. cfr. Secunda.

Deutsch. 3 Stb. Uebersicht über die älteste und alte Literatur, außerdem über die Dichter der neuesten Zeit von den Romantikern an. Das Wichtigste aus der Metrik und Poetik. Gelesen wurden: Göthe's Göz von Berlichingen, das Nibelungenlied (mit Auswahl), Göthe's Hermann und Dorothea, Uebersetzung der Homerischen Ilias und Odyssee (J. 19—22, O. 11), Shakespeare's „Julius Cäsar" und „Kaufmann von Venedig", Gedichte von Göthe, Schiller und Uhland (erklärt und memorirt.) Dispositionslehre. Uebungen im freien Vortrage und in der Declamation. Vierwöchentliche Aufsätze. Der Ordinarius.

Lateinisch. 4 Stb. Livius Buch I und II (zum Theil). Ovid. metam. Auswahl aus I, II, IV (zum Theil memorirt). Das Wichtigste aus der Tempus- und Moduslehre. Uebersetzung aus Süpfle. Exercitien und Extemporalien. Der Ordinarius.

Französisch. 4 Stb. Grammatik 2 Stb. Wiederholungen aus dem Pensum von III; Zahlwort, Präposition, Wortstellung, Syntax des Artikels, Adjectivs und Adverbs, nach Plötz II., Lect. 35—45 und 58—69. Vierzehntägige Arbeiten, abwechselnd Exercitien und Extemporalien. — Lectüre 2 Stb.: im Sommer Les contes de la reine de Navarre, par Scribe et Legouvé, im Winter Athalie, par Racine. Im letzten Vierteljahre 1 Stb. Sprechübungen über geschichtliche Stoffe. Dr. v. d. Velde.

Englisch. 4 Stb. Ausführlichere Grammatik nach Plate, 2. Cursus. Lectüre aus Herrig's British Classical authors. Sprechübungen. Vierzehntägige Exercitien und Extemporalien. Oberlehrer Dr. Schmidt I.

Geschichte. 2 Stb. Neuere deutsche und preußische Geschichte. Oberlehrer Dr. Schmidt I.

Geographie. 2 Stb. Statistik der Erdoberfläche. Südeuropa, Asien, Nordamerika. Oberlehrer Dr. Schmidt I.

Mathematik. 5 Stb. a) Im Sommer: Gleichungen 1. und 2. Grades, Logarithmen, Exponential-Gleichungen, arithmetische und geometrische Reihen, Zinseszins- und Rentenrechnung. b) Im Winter: ebene Trigonometrie. c) Mathematische Uebungen: Geometrische Constructionsaufgaben. Exercitien und Extemporalien. Dr. Adler.

Naturkunde. 5 Stb. a) Physik: Allgemeine Eigenschaften der Körper- und Wärmelehre. b) Chemie: Einleitung in die Chemie mit Berücksichtigung der Typentheorie, die Grundstoffe, Stickstoff, Phosphor, Bor, Arsen, Antimon, Wismuth, Silicium, Zinn, Kohlenstoff und deren wichtigste Verbindungen. c) Naturbeschreibung. Im Sommer: Wiederholung der wichtigsten Pflanzensysteme; die wichtigsten natürlichen Pflanzenfamilien, nach lebenden Pflanzen durchgenommen. Im Winter: Geognosie mit Berücksichtigung Deutschlands, besonders Niederschlesiens. Dr. Adler.

Tertia. (Ordinarius: Dr. Lilie.)

Religion (evang.) 2 Stb. Katechismuslehre im Zusammenhange und begründet durch die heilige Schrift. Lectüre des Evangel. Lucae. Kirchenlieder, Sonntags-Evangelien. Prorector Fährmann. — (kath.) 2 Stb. cfr. Prima.

Deutsch. 2 Stb. Aus der Keller'schen Sammlung wurden besonders die Gedichte der epischen Gattung gelesen und erklärt, mehrere wurden gelernt. Schiller's Tell. Uebung im Disponiren. Alle 3 Wochen ein Aufsatz. Cand. Göbel.

Lateinisch. 10 Stb. Caes. b. gall. VII, 51—90. b. civ. I, II, 1—22. Wiederholung der Formenlehre und der Casuslehre. Lehre von den Tempora und Modi. Uebersetzen aus Süpfle I. Wöchentlich ein Exercitium oder Extemporale. 8 Stb. Der Ordinarius. Ovid. Metam. lib. VII 1—353, 490—660, VIII 157—546, VIII 882—IX 97, X 1—77, XI 1—85. Dr. Schmidt II.

Griechisch. 6 Stb. Xen. anab. VII 2—8, I 1—9. Hom. Od. III, 102—220. (Die Verse auch auswendig gelernt). Wiederholung der regelmäßigen, Einübung der unregelmäßigen Formenlehre. Mündliches Uebersetzen aus Halm I, 2. Exercitien und Extemporalien. Der Ordinarius.

Französisch. 2 Stb. Plötz 2. Cursus bis Lect. 32. Lectüre: Ausgewählte Stücke aus Plötz Chrestomathie. Exercitien und Extemporalien. Prorector Fährmann.

Geschichte. 3 Stb. Deutsche Geschichte. Dr. Rhode.

Mathematik. 4 Stb. Arithmetik bis zur Lehre von den Potenzen, Gleichungen des ersten Grades mit einer Unbekannten, Proportionen. Linien im Dreieck, das Viereck, der Kreis, der Flächeninhalt geradliniger Figuren. Zweiwöchentlich eine häusliche Arbeit oder ein Extemporale. Oberlehrer Gauß.

Naturkunde. 1 Stb. Botanik. Der Bau des menschlichen Körpers. Oberlehrer Gauß.

Real-Tertia. (Ordinarius: Dr. v. d. Velde.)

Religion. 2 Stb. cfr. Tertia.

Deutsch. 2 Stb. Lectüre aus Wackernagel, Thl. III. Erklärung und Memoriren von Gedichten. Uebung im Disponiren. Gelegentliche Durchnahme wichtiger Punkte aus der Grammatik. Alle drei Wochen ein Aufsatz (Beschreibungen, Bearbeitungen der fremdsprachlichen Lectüre, Nachbildungen u. s. w.) Der Ordinarius.

Lateinisch. 5 Stb. Weller, Lesebuch aus Livius, S. 1—51. Süpfle, Nr. 40—108. Das Wichtigste aus der Casuslehre. Dr. Rhode.

Französisch. 4 Std. Grammatik 2 Std.: Erlernung und Einübung der unregelmäßigen Verba, sowie der Regeln über den Gebrauch von avoir und être; Formenlehre des Substantivs, Adjectivs, Zahlworts, Adverbs wiederholt und erweitert. Regeln über den Subjonctif nach Plötz II, Lect. 1—35 und Lect. 50. Lectüre 2 Std.: Voltaire: Histoire de Charles XII., Buch 3 und 4. Alle 14 Tage ein Extemporale. Der Ordinarius.

Englisch. 4 Stb. Aussprache und Formenlehre nach Plate I. Im zweiten Semester 1 Std. Lectüre der dem Lehrbuch angehängten Lesestücke und Memoriren einiger kleiner Gedichte. Alle 14 Tage ein Extemporale. Der Ordinarius.

Geschichte. 2 Stb. Brandenburgisch-preußische Geschichte. Hering.

Geographie. 2 Stb. Deutschland. Hering.

Mathematik. 6 Stb. a) Im Sommer Arithmetik: Die 4 Species der Buchstabenrechnung, Potenzen mit positiven und negativen Exponenten, Proportionen und Gleichungen 1. Grades mit einer Unbekannten. b) Im Winter Geometrie: Planimetrie nach Kambly's Lehrbuch, Abschnitt III, IV und V. Exercitien und Extemporalien. Dr. Adler. c) Bürgerliches Rechnen: Termin-, Gesellschafts- und Mischungsrechnung. Cand. Göbel.

Naturkunde. 2 Stb. Im Sommer Beschreibung von Pflanzen mit Berücksichtigung des Linné'schen, Jussieu'schen und Decandolle'schen Systems. Im Winter Mineralogie mit besonderer Berücksichtigung der wichtigsten schlesischen Mineralien. Dr. Adler.

Quarta. (Ordinarius: Hering.)

Religion. (ev.) 2 Stb. Lectüre des Evang. Lucae mit Berücksichtigung der Parallelstellen bei Matthäus und Marcus. Erklärung des 3., 4. und 5. Hauptstückes. 10 Kirchenlieder wurden memorirt. Oberlehrer Dr. Schmidt I. — (kath.) 2 Stb. Lehre von der Gnade und den heiligen Sakramenten, nach dem Diöcesan-Katechismus. Biblische Geschichte des neuen Testam., nach Stern. Kreisvicar Lux.

Deutsch. 2 Stb. Aus Wackernagel wurden prosaische Stücke und Gedichte gelesen und erklärt, mehrere Gedichte wurden gelernt. Die Satzlehre. Alle 3 Wochen ein Aufsatz. Cand. Göbel.

Latein. 10 Stb. Casuslehre. Mündliches Uebersetzen aus Süpfle Th. I, Abtheil. I. Gelesen wurden Corn. Nep. Biogr. V—IX, XI—XIII, XV—XXIV. Der Ordinarius.

Griechisch. 6 Stb. Regelmäßige Formenlehre bis zu den Verbis liquidis incl., Uebersetzen aus Gottschick's Lesebuch. Vocabellernen. Extemporalien. Dr. Lilie.

Französisch. 2 Stb. Plötz. 1. Cursus Lect. 51—85. 14tägige Exercitien und Extemp. Oberlehrer Dr. Schmidt I.

Geschichte. 2 Stb. Alte Geschichte. Der Ordinarius.

Geographie. 1 Stb. Europa. Der Ordinarius.

Mathematik. 3 Stb. Bürgerliches Rechnen, Decimalbrüche. Planimetrie bis zum vierten Congruenzsatze. Oberlehrer Gauß.

Real-Quarta. (Ordinarius: Cand. Göbel.)

Religion. (ev.) 2 Stb. Combinirt mit Gymnasialquarta.

Deutsch. 3 Stb. 2 Stb. comb. mit Quarta, 1 Stb. Uebung in Geschäftsaufsätzen. Der Ordinarius.

Lateinisch. 6 Stb. Corn. Nep. Biogr. I—X, XV—XVII, XXII—XXIII. 4 Stb. Der Ordinarius. — Grammatik: Wiederholung der Formenlehre. Das Wichtigste aus der Casuslehre. Süpfle, Aufgaben. Exercitien und Extemporalien. 2 Stb. Hering.

Französisch. 5 Stb. Plötz II., Lect. 51 bis 91, besonders Einübung der regelmäßigen Conjugationen und einiger unregelmäßigen Verba. Wöchentlich ein Extemporale, außerdem zahlreiche mündliche und schriftliche Uebersetzungsübungen. Im letzten Vierteljahre 2 Stb. Lectüre der dem Lehrbuch angehängten Lesestücke und Memoriren leichter Stücke, Dr. v. d. Velde.

Geschichte. 2 Stb. Alte Geschichte. Der Ordinarius.

Geographie. 2 Stb. Europa. Der Ordinarius.

Mathematik. 6 Stb. a) Im Sommer: Arithmetik, die Decimalbrüche, die Quadrat- und Kubikwurzel-Ausziehung. b) Im Winter Geometrie: Planimetrie bis zu den Parallelogrammen (incl.) c) Bürgerliches Rechnen: Regeldetri, Zins-, Rabatt-, Provisions-, Discont- und Wechselrechnung. Extemporalien und häusliche Arbeiten. Der Ordinarius.

Naturkunde. 2 Stb. cfr. Real-Tertia.

Quinta. (Ordinarius: Dr. Schmidt II.)

Religion. (evang.) 3 Stb. Biblische Geschichte im Zusammenhange nach Zahn's Handbuch. Die ersten 3 Hauptstücke des lutherischen Katechismus nebst den Erklärungen wurden memorirt und erläutert; auf die bezüglichen Schriftstellen wurde hingewiesen, die wichtigsten wurden gelernt. Der Ordinarius. — (kath.) 2 Stb. combinirt mit Quarta; außerdem 1 Stb. für Quinta und Sexta: Cultus der kathol. Kirche, nach Storch. Kreisvicar Lux.

Deutsch. 2 Stb. Das Wichtigste aus der Satz- und Interpunctionslehre wurde an Dictaten eingeübt. Alle 14 Tage eine schriftliche Arbeit: im 1. Semester Dictate, im 2. Semester Nacherzählungen und Briefe. Declamirübungen. Der Ordinarius.

Lateinisch. 10 Stb. Wiederholung und Vervollständigung des Cursus von Sexta. Verba irreg., anomala und defectiva. Die wichtigsten syntactischen Regeln: der Acc. c. Inf., Nom. c. Inf., die Participalconstructionen und einige Casusregeln wurden durchgenommen und an aus der Classen-Lectüre genommenen Beispielen eingeübt. Aus Wellers Lesebuche wurden die Abschnitte XII, XIII, XIV, XV mündlich und schriftlich übersetzt. Wöchentlich ein Extemporale. Der Ordinarius.

Französisch. 3 Stb. Plötz I. Cursus Lect. 1—50 und die dazu gehörigen Vocabeln gelernt; mündliche grammatische Uebungen. Alle 14 Tage ein Extemporale. Hering.

Geographie. 2 Stb. Asien, Afrika, Australien, Amerika. Cand. Göbel.

Rechnen. 4 Stb. Die Bruchrechnungen. Die einfache und zusammengesetzte Regeldetri (Stubba, Heft 3—5). Kopfrechnen. Wöchentliche häusliche Arbeiten. Schwartz.

Naturgeschichte. 2 Stb. Im Sommer: Pflanzenbeschreibung, das Linné'sche System. Im Winter: Beschreibung von Amphibien und Fischen. Dr. Abler.

Sexta. (Ordinarius: Schwartz.)

Religion. (evang.) 3 Stb. Biblische Geschichten, ausgewählte Stücke des A. u. N. T. nach Zahn's Handbuch. Die drei ersten Hauptstücke des lutherischen Katechismus memorirt und erläutert. 8 Kirchenlieder wurden memorirt. Der Ordinarius. — (kath.) 3 Stb. cfr. Quinta.

Deutsch. 2 Stb. Lesestücke aus Wackernagel I. Orthographische Uebungen. Dictate. Die Lehre vom einfachen Satze. Declamirübungen. Der Ordinarius.

Lateinisch. 10 Stb. Einübung der regelmäßigen Formenlehre und Constructions-Uebungen nach dem Lesestoffe aus Henneberger's Elementarbuch. Wöchentlich 2 schriftliche Uebungen (1 Exercitium und 1 Extemporale.) Der Director.

Geographie. 3 Stb. Im Sommer die Elemente der allgemeinen Geographie; im Winter Geographie von Europa. Dr. Schmidt II.

Rechnen. 4 Std. Die vier Species mit benannten Zahlen. Addition und Subtraction gleichnamiger Brüche. Einfache Regeldetri (Stubba, Heft 2 und 3). Kopfrechnen. Wöchentliche häusliche Arbeiten. Der Ordinarius.

Naturgeschichte. cfr. Quinta.

Vorbereitungsklasse. (Ordinarius: Engmann.)

Religion. 4 Std. Ausgewählte biblische Geschichten A. und N. T. (30) die drei ersten Hauptstücke mit der Luther'schen Erklärung. Erlernen einiger Sprüche, Kirchenlieder und Psalmen.

Deutsch. 11 Std. Lectüre von Paulsiek's Lesebuch. Uebung im Wiedererzählen, Wort- und Sacherklärung einzelner gelernter Gedichte, die Anfänge der Satzlehre, Kenntniß der wichtigsten Redetheile, Flexion der Hauptwörter, Eigenschafts- und Zeitwörter, die bedeutendsten Regeln der Orthographie; wöchentliche Dictate, tägliche Uebung im Abschreiben; das Alphabet der Klein- und Großbuchstaben in deutscher und lateinischer Schrift.

Geographie. 2 Std. Betrachtung der Erdoberfläche im Allgemeinen; Orientirung; Allgemeines über Europa, Asien, Afrika, Amerika und Australien.

Rechnen. 5 Std. Die vier Grundrechnungen in unbenannten und benannten Zahlen, sowohl im Kopf- als Tafelrechnen. Resolviren und Reduciren (2 Abtheilungen).

Gesang. 2. Std. Gehörübungen, leichte Choräle und Volkslieder.

Technische Fertigkeiten.

Kalligraphie. 2 Std. (Sexta und Quinta comb.) Einübung der deutschen und lateinischen Buchstabenformen, sowie der Ziffern in genetischer Reihenfolge. Uebung der deutschen und lateinischen Schrift in kleineren und größeren Sätzen nach der systematischen Schreibschule des Schreiblehrers. Auch einige Uebung in der Fracturschrift. Taktschreiben. Wöchentliche häusliche Arbeiten. Schwartz.

Zeichnen. 6 Std. (Sexta und Quinta comb. 2 Std. — Engmann. — Real-Quarta und Gym.-Quarta comb. 2 Std. Real-Tertia und Real-Secunda comb. 2 Std. Schwartz.) Freies Handzeichnen, Linear- und Planzeichnen, Körper- und Landschaftsstudien in zwei Kreiden, Perspective, Projectionslehre, Schatten-Construction, Maschinenzeichnen, Anfänge im Malen mit Wasser- und Honigfarben, Zeichnen nach den Dupuis'schen Modellen, im Sommer im Freien nach der Natur.

Gesang. 6 Std. (Sexta und Quinta comb. 2 Std. — Quarta, Real-Quarta, Tertia und Real-Tertia comb. 2 Std. — 1 Std. für den gemischten und 1 Std. für den Männerchor.) Belehrungen über Dur- und Moll-Tonleitern, Accorde, Tonarten, Versetzungszeichen, Intervalle, Tonübungen nach der Gesanglehre von Th. Drath verbunden mit Treffübungen. Einübung von ein- und mehrstimmigen Chorälen und Volksliedern. Die beiden Sängerchöre der 1. Abtheilung übten vierstimmige Choräle, Volkslieder, Motetten, Cantaten, Psalmen und Oratorien. Schwartz.

Gymnastische Uebungen. 4 Std. im Sommer-Semester. Oberlehrer Dr. Schmidt I.

Facultativer Unterricht im Englischen.

1. **Abtheilung.** (8 Primaner, 7 Secundaner, 1 Tertianer). Lectüre von Dickens: A Christmas Carol. Sprechübungen. Im Winter Exercitien und Extemporalien. 2 Std. Oberlehrer Dr. Schmidt I.

2. **Abtheilung.** (1 Primaner, 7 Secundaner, 10 Tertianer). Aussprache. Elemente der Grammatik. Lectüre aus Gräser's Elementarbuch, 2. Cursus, 2 Std. Dr. Rhode.

Privat-Lectüre.

Prima. Cicero, orat. Philipp I—IV. Hor. carm. III von 7 an. — Hom. Il. V—XII.

Secunda. Liv. 22 und 23. — Hom. Od. 1, 2, 18.

Real-Secunda. Schiller's Wallenstein, Theil 1 und 2. Caesar, Buch 7 und Curtius Buch 3. Charles XII, Buch 3 und 4. Stücke von Sterne und Smollet.

Verzeichniß der bearbeiteten Themata.
Prima.

I. Im Deutschen:

1. a. Plan und Einheit des ersten Buches der Ilias.
   b. Wer nichts für Andere thut, thut Nichts für sich.
2. In welchem Verhältnisse steht der Ideengehalt der Ilias zu dem des Nibelungenliedes?
3. a. Worauf gründet sich unser Interesse an der Sprache und den Werken der Alten?
   b. Worauf gründet sich unser Interesse an der Sprache und den Werken der alt-deutschen Literature?
4. a. Die Cyniker und Stoiker, die Cyrenaiker und Epicuräer.
   b. Wer nicht vorwärts geht, kommt zurück.
5. Hat Cicero Recht, wenn er die Geschichte eine Lehrerin des Lebens nennt? (Clausur-Arbeit.)
6. Ueber den Unterschied des antiken, besonders des griechischen und des modernen Theaters.
7. Deutung der Lebensepochen des Parcival.
8. Welche Stellung nimmt Walther von der Vogelweide zu Philipp von Schwaben, Otto IV., Friedrich II., Innocenz III., ein?
9. Wie erweckt und steigert Sophocles das Mitleid für seinen Philoctet?
10. Es ist ein Geist des Guten in dem Uebel. (Clausur-Arbeit.)

II. Im Lateinischen:

1. a. (Ober-Prima.) Quae bella ante Samniticum Romani gesserint.
   b. (Unter-Prima.) Quas gentes reges Romani subegerint.
2. a. Qualem veram amicitiam Cicero ostenderit.
   b. Amicus certus in re incerta cernitur.
3. a. Athenarum principatus quibus rebus fundatus, quibus sit eversus.
   b. Qui viri plurimum ad Atheniensium opes augendas contulerint.
4. a. Homerus principibus heroum certos deos discriminum et periculorum comites adjunxit. (Cic. de nat. deor. II. 66. 166.)
   b. Pallas Graecorum fautrix.
5. Freie Wahl eines Thema's aus dem Gebiete der alten Geschichte.
6. Xerxem magis consilio Themistoclis quam Graecorum armis victum esse. (Clausur.)
7. a. Imperium Romanum ex parvis initiis in maximas opes crevisse.
   b. Romam saepe victam esse, numquam devictam.
8. a. Gentis Valeriae in rempublicam Romanam merita.
   b. Cur Camillus alter Romae conditor appellari potuerit.
9. a. Pericles doctrina, consilio, eloquentia excellens quadraginta annos praefuit Athenis. (Cic. de orat. III. 34.)
   b. Jure meritoque Cicero (de orat. III. 34) Thebanum Epaminondam summum virum omnis graeciae appellavit.
10. Bellica laude adspirare ad Africanum nemo potest. (Cic. Brut. XXI. 84.)
11. Macedones ad imperium graeciae brevi tempore adjunxerunt Asiam bello subactam. (Cic. Rhet. IV. 25.)
12. Quae vitia seculi Horatius inprimis exagitaverit.
13. Leges Lycurgi Spartam principem reddidisse graeciae. (Clausur.)

Secunda.

I. Im Deutschen:

A. Ober-Secunda.

1. Krieg und Sturm. (Parallele.)
2. Warum wird Odysseus von Homer der Städtezerstörer genannt?
3. a. Wie greifen die Götter in den Gang der Handlung des ersten Buches von Virgils Aeneide ein?
   b. Die Kunst zu schweigen.
4. Bist du arm, so sei ein Mann, bist du reich, so sei ein Mensch.
5. Kleines ist die Wiege des Großen. (Clausur.)
6. Schicke dich in die Zeit.
7. Wissenschaft ist ein Schatz, Arbeit der Schlüssel dazu.
8. Ueber die Bedeutung des Ackerbaus für die Culturentwickelung des Menschengeschlechts. (Nach Schiller's „Eleusischem Fest.")
9. Vergleichung der Scenerie in Schiller's „Handschuh" und „Taucher."
10. Warum weicht Tell der Betheiligung am Rütlibunde aus? (Nach Schiller.)
11. Die Rütliscene in Schiller's „Tell", ein Bild der Eintracht und Mäßigung.

B. Unter-Secunda.

1. Die vier Jahreszeiten in ihrem Einfluß auf die Stimmung des Menschen.
2. Mnestheus im Schifferrennen bei der Tobtenfeier des Anchises. (Virgil. Aen. V.)
3. Eine Rheinlandschaft. (Nach Hölderlin's Gedicht: „Der Wanderer.")
4. Der dritte Tag der Bürgschaft. (Nach Schiller.)
5. Die Sedanfeier zu Bunzlau am 2. Sept. 1872. (Clausur.)
6. Brief an einen Freund, welcher auszuwandern beabsichtigt.
7. Welche Characterzüge des Aeneas treten uns aus dem 5. Buche von Vergil's Aeneide besonders entgegen.
8. Der Lootse. (Erzählung nach dem gleichnamigen Gedicht von Giesebrecht.)
9. Gedankengang in Schiller's „Klage des Ceres."
10. Die Unterwelt. (Nach Vergil's Aeneide VI.)
11. Der Verlauf der Verhandlungen auf dem Rütli. (Nach Schiller.)

II. Im Lateinischen (Ober-Secunda):

1. Res a Marco Claudio Marcello contra Hannibalem gestae breviter narrantur.
2. Quibus rebus factum sit, ut Graeci patriam ab ingentibus Persarum copiis liberarent.
3. Quibus rebus factum sit, ut Campani ad Hannibalem deficerent.
4. Quibus argumentis Cicero populo Romano persuaserit, ut belli Mithridatici imperium Cn. Pompeio deferret.
5. De Caesaris in Britanniam expeditionibus.

Themata zu den deutschen Aufsätzen der Real-Secunda.

1. a. Des Menschen Engel ist die Zeit.
   b. Ende gut, Alles gut.
2. a. Bildet Lesen mehr, oder Reisen?
   b. Lebenslauf.
3. Tullus Hostilius, nach Livius.
4. Ideengang in Schillers Lied: „Das eleusische Fest."
5. Tarquinius Priscus, nach Livius.
6. Servius Tullius, nach Livius.
7. Wer nicht vorwärts geht, der kommt zurück.

8. Auch der Winter hat seine Freuden.
9. Verfall der deutschen Poesie im 14. Jahrh.
10. Ferro nocentius aurum.

Aufgaben für die schriftlichen Arbeiten der Abiturienten.
Michaelis 1872.

1. Im Deutschen: „Warum ist es leichter, Lobredner des Neuen, als Vertheidiger des Alten zu sein?"
2. Im Lateinischen: „Marius reipublicae Romanae et salus et pestis."
3. In der Mathematik:
   a. Zur Construction eines Dreiecks sind gegeben die Differenz $\beta - \gamma$ zweier Winkel gleich einem spitzen Winkel, die Projection p der dem Winkel β gegenüber liegenden Seite b auf die dem dritten Winkel α gegenüberliegende Seite a und der Radius r des umgeschriebenen Kreises.
   b. Jemand hat 25 Jahre hindurch jährlich 1000 Thlr. zu zahlen. Nach wie viel Jahren kann er die ganze Summe von 25,000 Thlrn. auf einmal bezahlen, die Zinsen zu 5 % gerechnet?
   c. Ein Dreieck zu berechnen, von welchem der Inhalt F, eine Seite α und die Differenz $\beta-\gamma$ der ihr anliegenden Winkel gegeben sind. — $\alpha = 328^m$, $F = 19,680 \square^m$, $\beta-\gamma = 15^0 22' 37''$.
   d. Aus dem Volumen V eines Cylinders und dem Verhältniß m : n der Höhe zum Grundflächenradius den Mantel des Cylinders zu berechnen. $V = 1, 692,569$ Cubikmeter, $m : n = 3 : 1$.
4. Im Hebräischen: 2 reg. 20. 1—5.

Ostern 1873.

1. Im Deutschen: Ueber die Behauptung Cicero's, daß nur gute Menschen wahre Freunde sein können.
2. Im Lateinischen: „Non tam vituperandus triumvir Octavianus, quam laudandus Augustus imperator.
3. In der Mathematik:
   a. Zur Construction eines Dreiecks sind gegeben die Differenz $\beta-\gamma$ zweier Winkel, die Differenz $b^2 - c^2$ der Quadrate über den ihnen gegenüberliegenden Seiten und die dritte Seite a.
   b. Auf einer Kreislinie von 360^m Länge bewegen sich zwei Körper A und B mit constanter Geschwindigkeit. A legt in der Secunde 4^m mehr zurück als B und braucht daher, um die ganze Kreislinie zu durchlaufen, eine Secunde weniger. Wie viel Meter legt jeder in einer Secunde zurück?
   c. Von einem Dreiecke sind gegeben die Differenz b—c zweier Seiten, der von ihnen eingeschlossene Winkel a und die der dritten Seite zugehörige Höhe h. Es sollen die fehlenden Winkel β und γ und die dritte Seite a berechnet werden. $b-c = 0,02^m$, $h = 0, 75^m$, $a = 37^0 26' 8''$.
   d. Eine Kalotte mit der Höhe h, die einer Kugel mit dem Radius r angehört, hat mit einem über demselben Grundkreise errichteten geraden Kegel eine gleichgroße krumme Oberfläche. Wie groß ist das Volumen des Kegels? $h = 8^m$, $r = 6^m$.
4. Im Hebräischen: Genes. 17. 1—7.

II. Verfügungen des Königlichen Provinzial-Schul-Collegiums.

1. Den 20. März 1872. Es sind fortan 350 Exemplare der von der Anstalt ausgegebenen Programme an das Königl. Provinzial-Schul-Collegium einzureichen.

2. Den 4. April 1872. Zur Anschaffung für die Anstalts-Bibliotheken werden empfohlen die von dem General-Lieutenant Freiherrn v. Troschke in dem Verlage von F. Schneider in Berlin erschienenen Werke: „Die Militär-Literatur seit den Befreiungskriegen" und „Das eiserne Kreuz." Der Ertrag letzteren Werkes ist zum Besten der Kaiser-Wilhelms-Stiftung für deutsche Invaliden bestimmt.

3. Den 9. April 1872. Dem Candidaten des höheren Schulamts Herrn Göbel wird Genehmigung ertheilt, das Probejahr am Gymnasium in Bunzlau abzuleisten.

4. Den 12. April 1872. Es wird die vertrauensvolle Erwartung zu den Directoren und Mitgliedern der Lehrer-Collegien ausgesprochen, daß ihre Betheiligung an Vereinen, welche mit ihrem Berufe in keiner directen Verbindung stehen, vor dem Conflicte zwischen Amtspflicht und Ueberzeugung bewahrt bleiben werde. Zur Uebernahme eines Ehren- oder Vorstandsamtes bei Vereinen ist die Genehmigung des Provinzial-Schul-Collegiums laut § 4 der Instruction für Lehrer an Gymnasien erforderlich.

5. Den 29. April 1872. Der Lectionsplan für das Schuljahr 1872—73 wird genehmigt.

6. Den 21. Mai 1872. Das Halten, resp. Lesen der „Zeitschrift für die deutschen Gymnasiasten und Realschüler" ist den Schülern in dem Sinne zu verbieten, wie ihnen das Lesen der Bücher aus den gewöhnlichen Leihbibliotheken untersagt ist.

7. Den 22. Mai 1872. Eine Uebersicht der an der Anstalt arbeitenden Lehrkräfte nach Beschäftigungskreis und Gehaltsbezug ist einzureichen.

8. Den 24. Mai 1872. Das unter dem 18. April erlassene Ministerial-Rescript, betreffend Verhütung des studentischen Verbindungswesens unter Schülern, wird zur Nachachtung communicirt.

9. Eodem. Nach gesetzlicher Bestimmung ist jeder Civilbeamte verpflichtet, für seine Frau bei der Allgemeinen Wittwen-Verpflegungsanstalt eine Pension von mindestens einem Fünftel seines Besoldungsbetrages zu versichern. Zur Beseitigung aller Zweifel wird die nachstehende Skala zur künftigen genauesten Beachtung aufgestellt:

Bei einem Gehalt bis zu 500 Thlr. ist eine Wittwenpension von mindestens 100 Thlr.,
von 500 Thlr. bis 625 Thlr. „ „ „ „ „ 125 Thlr.,
„ 625 Thlr. „ 750 Thlr. „ „ „ „ „ 150 Thlr.,
„ 750 Thlr. „ 875 Thlr. „ „ „ „ „ 175 Thlr.,
„ 875 Thlr. „ 1000 Thlr. „ „ „ „ „ 200 Thlr.,
„ 1000 Thlr. „ 1125 Thlr. „ „ „ „ „ 225 Thlr.,
„ 1125 Thlr. „ 1250 Thlr. „ „ „ „ „ 250 Thlr.,
„ 1250 Thlr. „ 1375 Thlr. „ „ „ „ „ 275 Thlr.,
„ 1375 Thlr. „ 1500 Thlr. „ „ „ „ „ 300 Thlr.,
u. s. w. bis zu einer Pension von jährlich 500 Thlr. zu versichern.

10. Den 29. Mai 1872. Es wird die Abschrift einer Allerhöchsten Ordre vom 3. und eines Ministerial-Rescripts vom 17. Mai 1872 mitgetheilt, wonach dem am 18. Januar 1872 gestifteten Schüler-Stipendium der Name „Wilhelms-Stiftung" Allergnädigst bewilligt und zugleich der Betrag von 50 Thlr. aus der Allerhöchsten Schatulle zugewiesen ist. *)

11. Eodem. Der Schluß der Lectionen vor den Ferien soll hinfort allgemein, soweit nicht besondere Verhältnisse, z. B. der Eintritt der beweglichen Feste, eine andere Anordnung nöthig machen, nicht am Freitag, sondern am Sonnabend, und ebenso der Wiederanfang nicht am Dienstag, sondern am Montag erfolgen.

12. Den 13. Juni 1872. Betreffend Theilnahme an dem Cursus der Central-Turn-Anstalt zu Berlin für Civil-Eleven.

13. Den 2. Juli 1872. Abschrift des Ministerial-Rescripts vom 24. Juni 1872, durch welches die Publikationen des Vereins für Geschichte und Alterthum Schlesiens zur Anschaffung für die Schulbibliotheken empfohlen werden.

---

*) Vergl. IV. C. pag. 43 — und den XIV. Jahresbericht pag. 15 und 18.

14. Den 25. August 1872. Dem Director wird auf Grund der ärztlichen Atteste ein Urlaub auf sechs Wochen zur Wiederherstellung seiner Gesundheit gewährt und die angeordnete Vertretung genehmigt.

15. Den 26. August 1872. Das Ministerial-Rescript vom 16. August 1872 erklärt, daß einer Betheiligung der Schulen an einer etwaigen Feier des 2. September nichts entgegenstehe; eine obrigkeitliche Anordnung zur Feier dieses Tages jedoch nicht erlassen werden würde, um die letztere in ihrem volksthümlichen Werthe in keiner Weise zu verkürzen.

16. Den 3. September 1872. Da von einzelnen Lehrern und Religionslehrern unter der Form freiwilliger Beiträge Geldbeiträge von den Schülern eingezogen und zu Zwecken, welche der Schule als solcher fremd sind, verwendet worden sind, so werden die Directoren angewiesen, alle derartigen Sammlungen zu inhibiren und dieselbe nur dann zu gestatten, wenn dazu zuvor die Genehmigung des Provinzial-Schul-Collegiums nachgesucht und ertheilt ist.

17. Den 9. September 1872. Nachdem das Johannes-Gymnasium in Breslau eröffnet und die Fürstenschule zu Pleß in die Reihe der Gymnasien eingetreten ist, sind von den jährlich erscheinenden Schulprogrammen 352 Exemplare an das Provinzial-Schul-Collegium einzusenden.

18. Den 24. September 1872. Betreffend Beginn und Dauer der diesmaligen Michaelis-Ferien.

19. Den 4. October 1872. Ein Exemplar des Protocolls der 17. Westfälischen Directoren-Conferenz wird der Anstalts-Bibliothek überwiesen.

20. Den 9. October 1872. Zur Anschaffung für die Anstalts-Bibliotheken wird empfohlen: „Atlas coelestis novus" von Dr. Heis im Verlag der Du Mont-Schauberg'schen Buchhandlung in Cöln. 1872.

21. Den 9. Dezember 1872. Der Unterricht nach den Weihnachtsferien hat diesmal nicht, wie in der Ferien-Ordnung vorgesehen. am 4. Januar (Sonnabend), sondern bei den evangelischen Anstalten am 6. (Montag) zu beginnen.

22. Den 4. Januar 1873. Den 4. Januar 1873. Die Directoren werden auf die von F. E. Keller (Berlin, Michaelkirchplatz 6) redigirte Wochenschrift „Deutsche Schulgesetz-Sammlung, Central-Organ für das gesammte Schulwesen im Deutschen Reiche, in Deutsch-Oesterreich und in der Schweiz" (Vierteljahrspreis 22½ Sgr,) aufmerksam gemacht.

23. Den 6. Januar 1873. Die Ferienordnung vom 19. November 1858 wird dahin abgeändert, daß fortan in den evang. Anstalten die Ferienzeit zu Ostern 14 Tage, zu Pfingsten eine halbe Woche, im Sommer 4 Wochen, zu Michaelis 14 Tage, zu Weihnachten 14 Tage dauert.

24. Den 22. Januar 1873. Die Zeugnisse, welche den abgehenden Schülern ausgestellt werden, müssen möglichst bestimmt denjenigen Grad wissenschaftlicher Ausbildung bezeichnen, den die betreffenden Schüler erlangt haben. Dabei macht es keinen Unterschied, ob die Schüler die Absicht kundgeben, eine andere Anstalt zu besuchen, oder sich sogleich einem bürgerlichen Berufe zuzuwenden. Die Abgangs-Zeugnisse haben daher die Stellung, welche die abgehenden Schüler zu den einzelnen Disciplinen ihrer Klasse einnehmen, genau zu bezeichnen, namentlich aber auch anzugeben, ob dieselben, wenn der Abgang in die Nähe des Versetzungstermines fällt, Aussicht auf Ascension hatten, resp. in eine höhere Klasse versetzt waren, oder ob die erforderliche Reife dazu bezweifelt werden mußte, oder nicht vorhanden war.

25. Den 7. Februar 1873. Da von Seiten Bayerns und Badens neuerdings die Theilnahme an dem Programmen-Austausche gewünscht worden ist, so sind fortan 180 Exemplare der Programme an die Geheime Registratur des Ministeriums. Abtheilung für die Unterrichts-Angelegenheiten, und 354 Exemplare an das Provinzial-Schul-Collegium einzusenden.

26. Den 18. Februar 1873. Es wird der Nachweis erfordert, ob und wie viel mindestens 12 Jahr activ gediente, pensionsberechtigte Militärpersonen, vom Stande der Feldwebel und Unteroffiziere im Ressort der Anstalt zur Zeit im Civildienst angestellt oder beschäftigt sind.

27. Den 28. Februar 1873. Das Gutachten der Königl. Wissenschaftlichen Prüfungs-Commission in Breslau über die Abiturienten-Prüfung zu Michaelis 1872 wird communicirt.

III. Chronik des Gymnasiums.

Das am 10. April eröffnete Schuljahr erforderte bereits im Mai durch den Austritt des Gymnasial-Lehrers Herrn Mroczck die Abänderung des Lectionsplanes; doch konnte eine Beeinträchtigung des Unterrichtsbetriebes dadurch vermieden werden, daß der Candidat des höheren Schulamts, Herr Goebel, welcher zu Ostern sein Probejahr an der Anstalt begonnen hatte, mit Genehmigung des Königlichen Provinzial-Schul-Collegiums als volle Lehrkraft verwendet wurde.

Durch Allerhöchste Cabinetsordre vom 27. April wurde dem Herrn Oberlehrer Dr. Schmidt I, welcher als Offizier den Feldzug gegen Frankreich mitgemacht hatte, das eiserne Kreuz 2. Classe verliehen.

Am 3. Juli wurde das jährliche Sommerfest in üblicher Weise zu Wehrau bei Klitschdorf abgehalten. Der patriotische Erinnerungstag hatte, wie in den vorhergehenden Jahren der Schulfeier wiederum erfreuliche Beweise der Theilnahme zugewendet. Zahlreiche Mitglieder des Turn- und Feuerrettungs-Vereins empfingen den heimkehrenden Zug in Tillendorf und geleiteten ihn mit Fackeln bis zu dem Gymnasium.

Am 19. August wurde unter Vorsitz des Königlichen Commissarius, Herrn Provinzial-Schulrath Dr. Scheibert die 16. Abiturienten-Prüfung am Gymnasium abgehalten. Die 3 Examinanden erhielten das Zeugniß der Reife. (cfr. das nachfolgende Verzeichniß Nr. 59—61.) Dem Abiturienten Balthaser war die mündliche Prüfung erlassen worden.

Am 21. August besichtigten der Königliche Studien-Director Herr Professor Erk und der Königliche Bauamtmann und Commissar für die Walhalla, Herr Harrer, aus Regensburg die Baulichkeiten des Gymnasiums, und Ersterer nahm auch Kenntniß von dem Schulorganismus der Anstalt.

An demselben Tage trat der Director einen 6wöchentlichen Urlaub zur Wiederherstellung seiner Gesundheit an. Die amtlichen Geschäfte übernahm der Herr Prorector Fährmann, die Lehrstunden wurden unter Mitglieder des Collegiums vertheilt. Der Berichterstatter fühlt sich verpflichtet den werthen Amtsgenossen für die ihm so bereitwillig dargebotene Unterstützung und Theilnahme hierdurch nochmals seinen besten Dank auszusprechen.

Am 2. September feierte die Anstalt in einem internen Schulactus durch Ansprache, Declamation und Gesang den Gedenktag der Capitulation von Sedan. Der Herr Prorector Fährmann wies in seiner Ansprache, anknüpfend an die Weiheworte des Gymnasiums „Deo, patriae, literis", die Schüler darauf hin, daß dieser ruhmreiche Gedenktag als ein echt deutscher Feiertag von neuem mahne zur Gottesfurcht, zur rechten Pietät gegen Todte und Lebende, zur Treue und Liebe gegen König und Vaterland und zur ernsten Arbeit an dem Erbe des deutschen Volkes, der deutschen Wissenschaft. — Am Nachmittage desselben Tages nahm auf Einladung der Wohllöblichen Städtischen Behörden das gesammte Lehrer-Collegium und eine Deputation der Schüler Antheil an der Enthüllungsfeier der Ehrensäule, welche die Stadt Bunzlau ihren in den Kriegen 1866 und 1870/71 gefallenen Söhnen auf dem Platze vor dem Bahnhofsgebäude errichtet hat.

Am Nachmittage des 6. Septembers unternahmen die Schüler der Prima und Secunda in Begleitung ihrer Lehrer einen Ausflug nach dem Gröditzberge und kehrten am 7. von dort wieder zurück. Die übrigen Klassen machten am letzteren Tage kleinere Ausflüge in die Umgegend.

Die gemeinsame Feier des heiligen Abendmahls fand am 20. September Statt.

Am 21. September entließ der Herr Prorector Fährmann nach vorausgegangenem üblichen Valedictionsactus die Abiturienten. Seine Entlassungsrede entwickelte im Anschluß an die 3 Inschriften der griechischen Arena: „Sei brav," „Eile," „Kehre um" die Principien der Gymnasialbildung.

Am 8. October wohnte das Lehrercollegium der Festfeier bei, durch welche das von der Stadt neu erbaute Schulhaus für die höhere Töchter-Schule und die Mädchenklassen der Bürgerschule eingeweiht wurde.

Am 14. October veranstaltete das hiesige Königliche Seminar eine festliche Feier zu dem 50jährigen Amtsjubiläum des Herrn Oberlehrer Stubba. Das gesammte Lehrer-Collegium des Gymnasiums bezeugte durch Theilnahme an der Festfeier dem hochverdienten Herrn Jubilar seine Verehrung und brachte ihm seine herzlichen Glückwünsche dar.

Am 9. November ertheilte der Berichterstatter vor dem zum Wochenschluß versammelten Schüler-Coetus dem Ober-Primaner Alfred Baumaun die Bücher-Prämie aus dem Schiller-Legat. Die Conferenz hatte dazu bestimmt: „Lessing's Werke, herausgegeben von Heinrich Kurz."

Am 20. December fand unter Leitung des Herrn Schwartz in üblicher Weise die Weihnachts-Musik-Aufführung statt. Zum Vortrag kamen: „Halleluja! Christ ist geboren", Motette von Kuntze; „Stille Nacht, heilige Nacht;" „O du fröhliche 2c.;" „Es ist ein' Ros' entsprungen." An die Gesänge schlossen sich Declamationen und Solo-Piécen einzelner Schüler auf dem Flügel, der Violine und der Cither an. Den Schluß bildete die Kindersymphonie von Haydn.

Die für den 18. Januar zum Besten der Kaiser-Wilhelm-Stiftung bestimmte große Musik-Aufführung mußte wegen unvorhergesehener, mehrfacher Hindernisse bis zum 15. März verschoben werden. Unter Leitung des Herrn Schwartz wurde an dem bezeichneten Tage in der strahlend erleuchteten Aula vor einem sehr zahlreichen Auditorium das große Oratorium „Johann Huß" von Dr. C. Löwe zur Aufführung gebracht. Die großartigen und theilweise schwierigen Chöre führte das sorgfältig eingeübte Gymnasial-Sängerchor unter gütiger Mitwirkung geschätzter hiesiger Dilettanten exakt aus. Die Sopran- und Alt-Soli's hatte die Großherzoglich Mecklenburgische Hof-Opernsängerin Fräulein Katharina Lorch, die Baß-Soli's Herr Kaufmann Anders aus Görlitz, die Partie des „Huß" Herr Lehrer Thomas aus Löwenberg übernommen. Die Vorzüglichkeit ihrer Leistungen rechtfertigte vollkommen die hochgespannte Erwartung. Ebenso wurde die Orchester-Musik von der hiesigen anerkannt tüchtigen Stadtkapelle trefflich executirt. Der allseitige und lebhafte Beifall, den die so gelungene Aufführung erwarb, war eine wohlverdiente Anerkennung für den unermüdlichen Eifer des Dirigenten Herrn Schwartz.*)

Am 19. März fand unter Vorsitz des Königlichen Commissarius, Herrn Provinzial-Schulrath Dr. Scheibert, die 17. Maturitätsprüfung des Gymnasiums statt. Von den 6 Abiturienten, welche sich derselben unterzogen hatten, erwarben 5 das Zeugniß der Reife (cfr. das nachfolgende Verzeichniß Nr. 62—66). 2 der Examinanden, Baumann und Benner, konnten auf Grund des guten Ausfalls sämmtlicher schriftlichen Arbeiten von der mündlichen Prüfung dispensirt werden.

Am 22. März wurde der Geburtstag Seiner Majestät des Kaisers und Königs durch festlichen Schulactus in der Aula gefeiert. Die Festrede des Herrn Dr. Rhode handelte über die deutschen Einheits-Bestrebungen.

28 Zöglinge der Anstalt empfingen von Weihnachten ab 2 mal wöchentlich von Herrn Pastor prim. Kretschmar besonderen Confirmanden-Unterricht. Die Prüfung und feierliche Confirmation wird nebst der gemeinsamen Feier des heiligen Abendmahls am 3. April erfolgen. — Zwei katholischen Schülern ertheilte Herr Kreisvicar Lux den Beichtunterricht in besonderen Stunden.

Die gemeinsamen Arbeitsstunden für Schüler unterer Klassen leiteten während des ganzen Schuljahres die Herren Dr. van der Velde, Hering und Dr. Schmidt II.

Verzeichniß der Abiturienten.

Laufende Nr.	Name des Abiturienten.	Geburtsort.	Alter. Jahre.	Confession.	Stand des Vaters.	Dauer des Aufenthalts		Stubium oder Beruf.	Universität.
						auf dem Gymnasium.	in Prima.		
59.	Carl Balthaser.	Ossig, Kr. Lüben.	19⁵/₆	evg.	Kämmerer u. Beigeordneter.	6¹/₂ Jahr.	2¹/₂ Jahr.	Philologie.	Breslau.
60.	Arthur Becker.	Liebenzig.	19⁴/₆	„	Oberamtm. †	6¹/₂ „	2¹/₂ „	Oekonom.	
61.	Joh. Rohowsky.	Bunzlau.	20¹¹/₁₂	„	Kreisphysik. †	8¹/₂ „	2¹/₂ „	Jura.	Berlin.
62.	Alfr. Baumann.	Bunzlau.	19⁵/₁₂	„	Kaufmann. †	10 „	2 „	Philologie.	Breslau.
63.	Max Benner.	Löwenberg.	18²/₃	„	Superintend.	6 „	2 „	Theologie.	Halle.
64.	Otto Handel.	Borau bei Strehlen.	20¹/₂	„	Pastor. †	4¹/₂ „	2 „	Philologie.	Breslau.
65.	Friedrich Kloß.	Wohlan.	17²/₃	„	Vermessungs-Revisor.	7¹/₂ „	2 „	Medicin.	Berlin.
66.	Herm. Warmuth.	Märzdorf bei Hainau.	23⁵/₁₂	„	Häusler.	6¹/₂ „	3 „	Post.	

*) Aus der erzielten Einnahme verblieb nach Abzug der nicht unerheblichen Kosten für die Stiftung noch der Reinertrag von 38 Thlr. 12 Sgr. 6 Pf.

IV. Statistische Nachrichten.

A. Frequenz.

Das Schuljahr 1871/72 schloß mit einer Frequenz von 203 Schülern (excl. der Vorbereitungsklasse). In dem Schuljahre 1872/73 betrug der Zugang 58, der Abgang 46. Die Zahl der Schüler hat sich daher um 12 vermehrt und beträgt gegenwärtig 215. Die nachfolgende Tabelle giebt die Vertheilung der Schüler nach Klassen, Confession und Wohnort an.

Klasse.	Schüler.							
	Evangelische.	Katholische.	Jübische.	Einheimische.	Auswärtige	Summa der Klasse.	Frequenz der Klassen-Systeme.	Gesammtzahl.
Gymnasial-Prima	21	1	—	5	17	22	Gymnasial-Classen.	
„ Secunda.	27	3	3	14	19	33		
„ Tertia	22	4	—	12	14	26		
„ Quarta	14	—	1	6	9	15		
Quinta	42	2	1	33	12	45		
Sexta	27	—	1	21	7	28	169	
Real-Secunda	11	—	—	2	9	11	Real-Klassen.	
„ Tertia.	21	—	—	8	13	21		
„ Quarta	14	—	—	5	9	14	46	
Summa:	199	10	6	106	109			215
Dazu Vorbereitungsklasse	18	1	—	17	2	19		
Gesammtsumme:	217	11	6	123	111			

B. Vermehrung der Lehrapparate.

An Geschenken für die Bibliotheken gingen ein:

Von den Königl. Behörden 558 Programme und Protocoll der 17. Westfälischen Directorenconferenz.

Von Herrn Geh. Ober-Regierungs-Rath Dr. Wiese: Zeitschrift für vergleichende Erdkunde, Band 2—7; Zeitschrift für vergleichende Sprachforschung von Kuhn, Band 16—21; Beiträge zur vergleichenden Sprachforschung von Kuhn, Band 5—8.

Von der Oberlauf. Gesellschaft der Wissenschaften: Neues Lausitzisches Museum, herausgegeben von Struve, Band 48, 1, Heft.

Von der schlesischen Gesellschaft für vaterl. Cultur: 2 Hefte Abhandlungen.

Von Herrn Dr. Meyer in Löwenberg: Programme.

Von Herrn Oberlehrer Gauß: Hoffmann, Zeitschrift für Mathematik.

Von den Verlagshandlungen: Kesselring in Hildburghausen (Weltgeschichte in Biographien und deutsche Schulgrammatik, von Realschullehrern in Annaberg; Siebel's griech. Formenlehre; Henneberger Elementarbuch; Herodot und Livius von Weller; Nonne, Reformationsbüchlein; Wölfling, Melanchthon). Rauch in Berlin (Gauß, 5stellige Logarithmen, 5 Exempl.). Gärtner in Berlin (Hertzer, 5stellige Logar.). Vieweg in Braunschweig (Schlömilch, 5stellige Logar.). Tappen in Siegmaringen (Karl, der Weltäther als Seele des Schalls). Bruhn in Braunschweig (Dettmer, griech. Vocabularium), Vogel in Leipzig (Gesenius, Hebr. Gramm.). Waisenhausbuchh. in Halle (H. Abalb. Daniel, ein Lebensbild). Ad. Müller in Brandenburg (Pierson, Geschichtstabellen). Euslin in Berlin (Lat. Vocabularium). Ruffel in Münster (Brandi, mathem. Uebungsbuch, 1 und 2).

Von Herrn Oberstlieutenant v. Waldheim: Histoire de Don Quixote en VI. vol.

Von Herrn Friedr. v. Arnim die von ihm verfaßte Schrift: Der Kreis und seine Vorstrahlpunkte.

Vom Herrn Bibliothekar des Gymn.: Walther von der Vogelweide, überf. von Simrock; Hartmann v. Aue, arme Heinrich, herausg. v. Haupt; Hartm. v. Aue, Jwein u. Gregor, her. v. Lachmann; Gudrun, her. v. Vollmer, Gudrun v. Müllenhof; Nibelungen mit den Anm. v. Lachmann; Wolfram v. Eschenbach, herausg. v. Lachmann; Wolfram v. Eschenbach, überf. v. Simrock.

Der Abiturient Becker schenkte der bib. paup. 6 Bücher.

Die Quintaner Glocke, Kretschmar und Schneiber bereicherten ihre Klassenbibl. um je ein Buch.

Für diese Geschenke wird hiermit im Namen der Anstalt der gebührende Dank abgestattet.

Angeschafft wurden für die Lehrer-Bibliothek folgende Werke (Fortsetzung früher begonnener Werke sind hier nicht erwähnt).

Zeitschriften und Sammelwerke Zeitung für b. höhere Unterrichtswesen Deutschlands. — Teuschel, Studien und Characteristiken zur griech. und röm., sowie zur beutschen Literaturgesch.

Pädagogik: Neubauer, über Gymn. und Realsch. — Briefe über Berliner Erziehung. — Ueber nationale Erziehung.

Schulgesetzgebung: v. Rönne, Unterrichtswesen des preuß. Staates.

Religionswissenschaft: Protestantenbibel von Schmidt und Holtzendorff. — Rein, Geschichte Jesu.

Philosophie: Kant, metaphysische Anfangsgründe der Rechtslehre.

Turnen: Lion, Leitfaden für den Turnunterricht. — Spieß, Turnbuch.

Allgemein Sprachliches: R. Volkmann, Rhetorik der Griechen und Römer.

Lateinische Sprache und Literatur: Brambach, lat. Rechtschreibung. — Lübbert, Beiträge zur Tempus- und Woduslehre des älteren Latein. — Hartung, lat. Sentenzen. — Teuschel, Gesch. der röm. Literatur. — Cic. Brutus, de nat. deor., Tusc. v. Klotz. — Gellius noctes Atticae, v. Hertz. — Tacit Agricola ed. Wes. — Vegetius, Epitoma rei militt. ed. Lang. — Aurel. Victor, v. Keil.

Griechische Sprache und Literatur: Ahrens, de dialectis gr. bing. — Buttmann, Lexilogus. — Klein, Regeln b. gr. Syntax. — R. Kühner, ausführl. Gram. b. griech. Sprache. — Suhle, gr. Verba anomale. — Th. Bergt, griech. Literaturgesch. — Scholien zur Obissee, von Dindorf. — Immom. Becker, Homerische Blätter. — Buchholtz, Homerische Realien. — Benicben, b. 4. u. 5. Buch der Jlias. — Xenoph. Cyrop. u. Comment., ed Diendorf.

Deutsche Sprache und Literaturgesch.: Weigand, deutsches Wörterbuch. — Sanders, Wörterb. der beutsch. Synonymen. — Lattmann, Grundzüge b. b. Gram. — H. Hettner, deutsche Literaturgesch. — Koberstein, deutsche Lit., bearbeitet von Bartsch.

Englische u. franz. Sprache und Literatur: Shakespeare von R. Genee. — Jahrbücher b. deutsch. Shakespeare-Gesellsch., Band VII. — H. Hettner, engl. Literaturgesch. — Scheler, Dictionnaire d'Etymologie française. — Molière, femmes savantes, von Lion. — Montesquieu Consid., von Wenbler. — Marggraff, Présis d'histoire de Allemagne.

Geographie: Kiepert, Karte b. beutsch. Reiches. — Wahlmann, westl. u. östl. Halbkugel.

Geschichte und Antiquitäten: Köchly und Rüstow, Gesch. b. griech. Kriegswesens. — D. Schneider, decensione hastaria Romanorum. — Lange, historia mutationum rei milit. Rom. — Rückert, das röm. Kriegswesen. — v. Göler, die Kämpfe bei Dyrrhachium u. Pharsalus. —

Friedländer, Darstellungen aus der Sittengesch. Roms. — Weber, Lehrbuch d. Weltgeschichte. — Niebuhr, röm. Gesch. — v. Troschke, das eiserne Kreuz. —

Mathematik: Geiser, Einleitung in die synthetische Geometrie.

Naturwissenschaften: Schiaparelli, Theorie der Sternschnuppen. — K. Vogt, Geologie. — Fiedler, anatom. Wandtafeln. — Ruprecht, Atlas der Naturgesch. — Koch, indo-australische Lepidopteren-Fauna. — Thomassen, Ergebnisse der neusten Forschungen über die Urgeschichte der Menschheit.

Der Katalog der Lehrer-Bibliothek enthält jetzt 928 Werke.

Für das Naturalien-Kabinet gingen Geschenke ein:

a. Von Gönnern der Anstalt: Von Herrn Kataster-Controleur Klose in Löwenberg Versteinerungen und Mineralstufen; von Herrn Zahnarzt Wendenburg 1 Stück Alabaster; von Herrn Partikulier Kunzendorf 43 ausgestopfte Thiere und 1 Zahn und Schenkelknochen vom Mammuth.

b. Von Schülern der Anstalt: Von Sekundaner Hirschfeld 1 Kästchen mit 40 Vogeleiern; von Real-Tertianer Geyer 1 Gryllotalpa vulgaris; von Real-Tertianer Bethke 1 Polias berus; von Quintaner Elsner 1 Tringa subarquata; von Sextaner Dörich 1 Mammuthzahn.

Für das chemische Laboratorium wurde u. a. erworben: 1 Schreibe- und Schneibe-Diamant.

C. Stiftungen.

Die 4 von dem Gymnasium ausgegangenen Stiftungen ergaben beim Schluß des Schuljahres die nachfolgenden Kapitalbestände:

a. Das Schillerlegat: 171 Thlr. 28 Sgr, 1 Pf.
b. Die Stipendienstiftung: 498 Thlr. 25 Sgr. 2 Pf.
c. Die Wittwen- und Waisenstiftung: 556 Thlr. 6 Sgr. 6 Pf.
d. Die Kaiser-Wilhelms-Stiftung: 210 Thlr. 11 Sgr. 9 Pf.

Die sub d aufgeführte jüngste Stiftung des Gymnasiums erfolgte im Anschluß an die 1. Jahresfeier des 18. Januar 1871, um die Erinnerung an diesen bedeutungsvollen Tag für alle Zeit im Kreise der Schule lebendig zu erhalten. Demgemäß glaubte der Berichterstatter in einer Immediat-Eingabe der Bitte Ausdruck geben zu dürfen, daß durch den Erlauchten Namen des 1. Hohenzollern-Kaisers der patriotische Zweck der Stiftung seine Sanction empfange. Seine Majestät der Kaiser und König geruhten Huldreichst die erbetene Gnade durch Allerhöchste Kabinets-Ordre vom 3. Mai 1872 zu gewähren und zugleich der nunmehr Allerhöchst Ihren Namen tragenden Stiftung zur Verstärkung ihres Fonds den Betrag von 50 Reichsthalern aus der Allerhöchsten Schatulle zuzuwenden. — Auch im vergangenen Schuljahre wurde von Freunden und Gönnern der Anstalt der Zweck der neuen Stiftung durch Geldbeiträge gefördert. Es gingen Gaben ein*): von Fräulein v. Haugwitz und den Herren: Bank-Syndikus Ablaß, Pastor Brückner, Zimmermeister Buchholz, Apotheker Hohlfeldt, Postdirector Kummer, Director Lang (Sammlung des Waisenhauses), Kreisvicar Lux, Oberförster Neumann, Kreisgerichtsrath Schmieder, Steuer-Einnehmer Schulin, Banquier Teichmann, Fabrikant Wirbel; ferner ein Beitrag von Schülern und die Gabe eines Patrioten (10 Thlr.) unter der Bedingung, daß der Name ungenannt bleibe. — Indem der gebührende Dank für diese Unterstützungen ausgesprochen wird, werden zugleich nachstehend die Bestimmungen des Höheren Orts bestätigten Statuts mitgetheilt, um auch fernerhin der Stiftung wohlwollende Theilnahme zuzuwenden.

§ 1. Zur Vermehrung der bereits vorhandenen Fonds wird das Gymnasium jährlich am 18. Januar eine größere Musikaufführung veranstalten. Es ist die Pflicht des jedesmaligen Directors der Anstalt diese Einrichtung aufrecht zu erhalten.

---

*) Die 1. Gabenliste ist im vorjährtgen Programme pag. 18 aufgeführt.

§ 2. Die Zinsen des Stiftungs-Capitals kommen, sobald dasselbe die Höhe von 200 Reichsthalern erreicht hat, jährlich am 18. Januar zur Vertheilung. *)

§ 3. Empfänger darf nur ein Schüler der Anstalt sein, welcher seine Abstammung (resp. directe Verwandtschaft) von einem Theilnehmer an dem Nationalkriege von 1870/71 nachzuweisen vermag. Unter mehreren qualificirten Bewerbern ist neben der Würdigkeit besonders die Bedürftigkeit zu berücksichtigen.

§ 4. Die Wahl des Empfängers erfolgt auf Grund einer von dem Lehrer-Collegium präsentirten Vorschlagsliste durch das Gymnasial-Curatorium.

§ 5. Die gewährte Unterstützung darf den Betrag von 20 Reichsthalern pro anno nicht übersteigen. Beträgt die zur Vertheilung disponible Zinsenquote mehr als 20 Thlr., so wird dieselbe an 2, beträgt sie mehr als 40 Thlr. an 3 Empfänger u. s. f. vertheilt.

§ 6. Die Verleihung der Unterstützung erfolgt auf ein Jahr. Doch ist es gestattet, dieselbe von Jahr zu Jahr an denselben Empfänger während der ganzen Dauer seines Aufenthalts auf der Anstalt zu verleihen, falls die Würdigkeit und Bedürftigkeit desselben sich nicht geändert hat.

§ 7. Die Verwendung der empfangenen Unterstützung Seitens des Schülers hängt von der vorher einzuholenden Genehmigung des Directors ab. Derselbe hat auch die erfolgte Verwendung zu controliren.

§ 8. Die Stiftung wird von dem Rendanten der Gymnasial-Kasse unter Aufsicht des Gymnasial-Curatoriums verwaltet.

Zusatz-Bestimmung: Sollten Bewerber von der in dem Statut bezeichneten Qualification an der Anstalt nicht vorhanden sein, so werden die Zinsen zu dem Kapital geschlagen, bis letzteres die Höhe von 1000 Thlr. erreicht hat. Von da ab ist in dem angegebenen Falle gestattet, die Zinsen auch an andere arme und würdige Schüler zu vertheilen.

---

*) Demgemäß kann bereits am 18. Januar 1874 zum ersten Mal eine Unterstützung aus der Kaiser-Wilhelms-Stiftung gewährt werden.

D. Tabellarische Ueberstcht über den gesammten Lehrbetrieb.

Lehrer.	Stundenzahl in jeder Klasse.										Summa.
	Prima.	Secunda.	Real-Secunda.	Tertia.	Real-Tertia.	Quarta.	Real-Quarta.	Quinta.	Sexta.	Vorber.-Klasse.	
Director Dr. Beisert, Ordin. in I.	Religion 2 Latein 5								Latein 10		17
Prorector Fährmann, Ordin. in R. II.	Deutsch 3 Französ. 2	Französ. 2	Deutsch 3 Latein 4	Religion 2 Französ. 2	(Relig. 2)						18
Oberlehrer Gauß.	Mathem. 4 Physik 2	Mathem. 4 Physik 1		Mathem. 4 Naturg. 1		Mathem. 3					19
Oberlehrer Luchterhand, Ordin. in II.	Griechisch 6 Hebräisch 2	Religion 2 Latein 8 Hebräisch 2	(Relig. 2								20
Oberlehrer Dr. Schmidt I., Prem.-Lieut. und Ritter des eisernen Kreuzes, Turnlehrer.	Latein 3 (Englisch facult. 2)	Deutsch 2 Latein 2	Englisch 4 Gesch. u. Geogr. 4			Religion 2 Französ. 2	(Relig. 2)				19 (6)
Turnen 4											
College Dr. Rhode, Bibliothekar.	Gesch. 3	Griechisch 6 Gesch. 3		Gesch. 3	Latein 5						20 (2)
(Englisch facultativ 2)											
College Dr. Lilie, Ordin. in III.				Latein 8 Griechisch 6		Griechisch 6					20
College Dr. Adler.			Mathem. 5 Naturw. 5		Mathem. 4 Naturg. 2		(Naturg. 2)	Naturg. 2	(Naturg 2)		18
College Dr. van der Velde, Ordin. in R. III.			Französ. 4		Deutsch 2 Französ. 4 Englisch 4			Französ. 5			19
Collaborator Hering, Ordin. in IV.						Gesch. u. Geogr. 4	Latein 10 Gesch. 3	Latein 2	Französ. 3		22
Collaborator Dr. Schmidt II., Ordin. in V.				Latein 2				Religion 3 Deutsch 2 Latein 10	Geogr. 3		20
Schulamts-Candidat Göbel, Ordin. in R. IV.				Deutsch 2	Rechnen 2	(Deutsch 2)	Deutsch 3 Latein 4 Gesch. u. Geogr. 4 Mathem. 4 (Rechn. 2)	Geogr. 2			21

Lehrer	I.	II.	Real-II.	III.	Real-III.	IV.	Real-IV.	V.	VI.	VII.	Summa
Lehrer Schwarz, Ordin. in IV.			Zeichnen 2	Gesang 2	(Zeich. 2) (Gesang 2)	Zeichnen 2 (Gesang 2)	(Zeichn. 2) (Gesang 2)		Rechnen 4 Schreib. 2 Gesang 2	Rechnen 4 Schreib. 2 (Gesang 2)	23 (2)
				(Chorgesang 2)							
Lehrer Engmann, Ordinarius in der Vorbereitungsklasse.								Zeichnen 2	(Zeichn. 2)	Religion 4 Deutsch 11 Geogr. 2 Rechnen 5 Gesang 2	26
Kreis-Vicar Lux, kathol. Religionslehrer.					Religion 5						(5)
Summa:	32	32	31 (2)	32	27 (6)	28 (4)	24 (10)	32	22 (8)	24	282 (15)

Unterrichts-Gegenstand.	Stundenzahl in jeder Klasse.										Summe.
	I.	II.	Real-II.	III.	Real-III.	IV.	Real-IV.	V.	VI.	VII.	
Religion (evang.) . .	2	2	(2)	2	(2)	2	(2)	3	3	4	18 (6)
(kathol.) . .	—	—	—	—	—	—	—	—	—	—	5
Deutsch	3	2	3	2	2	(2)	3	2	2	11	30 (2)
Lateinisch	8	10	4	10	5	10	6	10	10	—	73
Griechisch	6	6	—	6	—	6	—	—	—	—	24
Französisch	2	2	4	2	4	2	5	3	—	—	24
Hebräisch	2	2	—	—	—	—	—	—	—	—	4
Englisch	Facultativ 4		4	—	4	—	—	—	—	—	12
Geschichte	3	3	2	3	2	3	2	—	—	—	18
Geographie	—	—	2	—	2	—	2	2	3	2	13
Mathematik	4	4	5	4	4	3	4	—	—	—	28
Rechnen	—	—	—	—	2	—	(2)	4	4	5	15 (2)
Physik	2	1	3	—	—	—	—	—	—	—	6
Naturkunde	—	—	2	1	2	—	(2)	2	(2)	—	7 (4)
Zeichnen	—	—	2	—	(2)	2	(2)	2	(2)	—	6 (6)
Kalligraphie	—	—	—	—	—	—	—	2	(2)	—	2 (2)
Gesang	Chorgesang 2		2	2	(2)	(2)	(2)	2	(2)	2	8 (8)
Gymnastische Uebungen	—	—	—	—	—	—	—	—	—	—	4
Summa	32	32	33	32	33	32	32	32	30	24	297 (30)

V. Ordnung der öffentlichen Prüfung und der Declamations- und Rede-Uebungen.

Freitag, den 4. April.

Vormittags von 8 Uhr ab:

Choral: Nr. 58 des Schulgesangbuches. Vers 1. Chorgesang: Psalm 96 und 98: „Singet dem Herrn" von B. Klein.

8¼—8¾. **Vorbereitungsklasse.** Religion, } Engmann.
Sprach-Denkübungen, }

Declamationen der Septimaner:
1. Stahn, Kummer und Schmieder; „Der Kampf des Sommers mit dem Winter." (Gespräch.)
2. Dietsch und Seidel: „Was geh'n den Spitz die Gänse an?"

8¾—9¼. **Sexta.** Latein. Der Director.
Geographie. Dr. Schmidt II.

Declamationen der Sextaner;
1 Knoll und Göbel: „Der Wegweiser.
2. Dörich, Küttner, Rouvel und Kuhnt: „Der Schulgang."

9¼—9¾. **Quinta.** Latein. Dr. Schmidt II.
Rechnen. Schwartz.

Declamationen der Quintaner:
1. Erich Stahn: „Der Derfflinger" von Sallet.
2. Oskar Höfig: „Der Choral von Leuthen" von Besser.

10—10½. **Quarta.** Latein. Hering.
Griechisch. Dr. Lilie.

Declamationen der Quartaner:
1. Gustav Ryssel: „Frühlings-Gruß an das Vaterland" von Max v. Schenkendorf.
2. Eugen v. Waldheim: „Kaiser von Deutschland" von Elze.

10½—12. **Die Realklassen.**
a. **Quarta.** Mathematik. Göbel.
b. **Tertia.** Englisch. Dr. van der Velde.
c. **Secunda.** Naturkunde. Dr. Abler.

Declamationen und Vorträge der Realschüler.
1. Quartaner Conrad Järschky: „Le Roi des Aunes" d'après Göthe par E. Deschamps.
2. Tertianer Max Bethke: „The Stave's Dream" by Longfellow.
3. Secundaner Hermann Balg: „La guerre de sept ans". (Eigene Arbeit.)

Nachmittags von 2 Uhr ab:

2—2¾. **Tertia.** Latein. Dr. Lilie.
Geschichte. Dr. Rhode.

Declamationen der Tertianer:
1. Max Severin: „Die Wahl Konrad's zum deutschen Kaiser" von Uhland.
2. Fritz Kranzfelder: „Der Tod des Tiberius" von Geibel.

2¾—3½. **Secunda.** Latein. Oberlehrer Buchterkamb.
Griechisch. Dr. Rhode.

Vorträge der Secundaner:
1. Bethke: „Telemach erkennt den Odysseus", Hom. Od. 16, 154 seq.
2. Klein: „Wissenschaft ist ein Schatz, Arbeit der Schlüssel dazu". (Eigene Arbeit.)

3½—4¼. **Prima.** Latein. Oberlehrer Dr. Schmidt I.
Französisch. Prorector Fährmann.

Reden der Primaner:
1. Wittig: Graecos Romanosque nihil carius habuisse quam patriam. (Eigene Arbeit.)
2. Krause: Les bienfaits de la paix. (Eigene Arbeit.)

Die Prüfungen werden im Zeichensaale abgehalten. — Zeichnungen und Probeschriften der Schüler liegen während der Prüfung zur Ansicht aus.

VI. Ordnung des öffentlichen Valedictions-Actus und der Abiturienten-Entlassung.

Sonnabend, den 5. April, Vormittags 9 Uhr, in der Aula.

1. **Choral,** gemeinsam: Nr. 131 des Schulgesangbuches, Vers 1 und 2.
2. **Valedictions-Reden:**
   a. Abschiedsrede des Abiturienten Kloß.
   b. Entgegnungsrede des Primaners Krause.
3. **Abschiedslied.** „Nun ade, du mein lieb' Heimathland", Volkslied.
4. **Chor** mit Orchesterbegleitung: „Siehe, der Hüter Israels schläft noch schlummert nicht 2c.", Chor aus dem Elias von Mendelssohn.
5. **Entlassung** der Abiturienten durch den Director.
6. **Schluß-Choral,** gemeinsam: Nr. 77 des Schulgesangbuches, Vers 1.

VII. Bekanntmachung.

Das neue Schuljahr wird den 21. April beginnen. Die Prüfung und Aufnahme neu eintretender Schüler erfolgt für Einheimische am 18., für Auswärtige am 19. April. Die Aufnahme in die Vorbereitungsklasse wird am 19. April, früh 8 Uhr, in dem Klassenzimmer der Septima Statt finden.

Bunzlau, den 2. April 1873.

Dr. Peifert.

Nachtrag zu II.

28. Den 8. März 1873.*) Durch unsere Circular-Verfügung vom 6. Januar 1872 (P. S. C. 4873), betreffend die Gesuche der Gymnasial- und Realschüler um Wiederverleihung der Berechtigung zum einjährigen freiwilligen Militairdienst, ist in Gemäßheit der bezüglichen Bestimmungen der Militair-Ersatz-Instruction vom 26. März 1868 und in Folge eines Erlasses des Herrn Ober-Präsidenten der Provinz Schlesien angeordnet worden, daß diejenigen militairpflichtigen Schüler, welche den Nachweis der wissenschaftlichen Qualification bis zum 1. April des Jahres, in welchem sie das 20. Lebensjahr erreichen, nicht zu führen vermögen, bis zum 1. Februar desselben Jahres bei der heimathlichen Kreis-Ersatz-Commission die Zurückstellung durch die Ersatzbehörden dritter Instanz zu erbitten haben. Diese Frist ist dementsprechend auch in den einzelnen Fällen von den letztgenannten Behörden bewilligt worden.

In neuerer Zeit haben jedoch die Herren Minister des Krieges und des Innern dahin Bestimmung getroffen, daß dergleichen junge Leute nach § 44 1 a der Militär-Ersatz-Instruction zu behandeln und daher zunächst auf ein, resp. zwei Jahre zurückzustellen seien.

Hiernach hat also in Zukunft ein Schüler, welcher den Nachweis der wissenschaftlichen Qualification bis zum 1. April des oben genannten Jahres nicht führen kann, gemäß § 20 ad 3 der Militär-Ersatz-Instruction seine Zurückstellung bei derjenigen Kreis-Ersatz-Commission zu beantragen, in deren Bezirk die Lehranstalt liegt, der er angehört. Eignet er sich in der Zeit, für welche er zurückgestellt ist, die Qualification für den einjährig freiwilligen Dienst an, so bleibt ihm anheimgestellt, wegen Wiederverleihung des verloren gegangenen Anspruchs (§ 151 ad 3 der Militär-Ersatz-Instruction) sich an die zuständige Kreis-Ersatz-Commission, das ist die heimathliche Kreis-Ersatz-Commission, mit einem Gesuche gemäß des § 152 ad 2 b. c. zu wenden.

Schließlich wird nochmals ausdrücklich bemerkt, daß dergleichen Gesuche um Zurückstellung oder um Wiederverleihung nicht an die oberen Provinzialbehörden, oder an das Königl. General-Commando, oder an das Königl. Oberpräsidium allein, sondern nur an die oben genannten Kreis-Ersatz-Behörden zu richten sind.

---

*) Bei der Wichtigkeit der bezüglichen Verfügung erschien der wortgetreue Abdruck im Interesse des Publikums geboten.